Ketten der Vergangenheit

Levia Ortega

http://www.leviaortega.com/

Levia Ortega

c/o Papyrus Autoren-Club

Pettenkoferstr. 16-18

10247 Berlin

ISBN-13: 978-1507691168

ISBN-10: 1507691165

DANKSAGUNG

Dieses Buch wäre nicht möglich gewesen ohne die Hilfe von Britta und ihren unermüdlichen Einsatz zu jeder Tages- und Nachtzeit. Vielen Dank, Britta, für all die Zeit, Energie und Begeisterung, die Du in meinen Roman investiert hast, indem Du mir mit unerschöpflicher Geduld beim Schreiben zur Seite gestanden hast.

PROLOG

„Das ist der beste Geburtstag meines Lebens!"

Leuchtend blaue Augen strahlten Joanna an, als sie zu ihrer Tochter hinübersah, die neben ihr im Auto auf dem Beifahrersitz saß.

„Das freut mich, mein Schatz."

Kleine Hände versuchten, sich den Pony aus der Stirn zu streichen.

„Ich bin schon fast erwachsen, Mama."

Lautes Lachen erhellte das Innere des Wagens.

„Du bist erst zehn."

Sofia rutschte ein Stück auf dem Beifahrersitz nach vorne, kreuzte die Arme vor der Brust und pustete sich eine verirrte Haarsträhne aus dem Gesicht.

„Aber nicht mehr lange, dann bin ich groß", gab die kleine Sofia trotzig von sich und schob die Unterlippe nach vorne.

Einen Moment lang herrschte Stille im Fahrzeug.

„Nein, nicht mehr lange", seufzte Joanna. Ein Schatten legte sich über ihre Augen, als sie daran dachte, was aus ihrer Tochter einmal werden würde, wenn sie erwachsen war.

„Aber denk immer daran, du bist und bleibst meine kleine Prinzessin", sie fasste nach der Hand ihrer Tochter und drückte sie einmal kurz.

„Mama, wo fahren wir überhaupt hin?"

„Ich habe mir gedacht, wir fahren ins Spieleparadies und kaufen dir noch ein kleines Geschenk, eines, das du dir selbst aussuchen darfst."

Sofia machte begeistert einen kleinen Hüpfer in ihrem Sitz und jauchzte vor Freude laut auf. Joanna musste über diese kindliche Begeisterung so sehr lachen, dass ihr die Tränen kamen.

Sofia wurde auf einmal ganz ruhig. Joanna sah, wie es hinter der kleinen Stirn anfing zu arbeiten, und sie fragte sich, worüber ihre Tochter wohl nachdachte.

„Ich hab dich lieb Mama", kam es da schüchtern, schon fast flüsternd von Sofia.

Joanna drehte ihren Kopf zur Seite und sah bedingungslose Liebe und Vertrauen in den Augen ihrer Tochter.

„Ich hab dich auch lieb."

Dann wanderten die strahlenden Augen, die eben noch auf Joanna gerichtet waren, ein Stück nach rechts. Das Lächeln, welches vor einer Sekunde noch Sofias Gesicht erhellt hatte, erstarb und verwandelte sich in blankes Entsetzen. Ein Schrei zerriss die Luft.

Ein ohrenbetäubender Knall ertönte, zerbrechendes Glas regnete herab, Metall kreischte auf Metall, Sofias Körper prallte gegen die Wagentür, dann durchfuhr sie ein bohrender Schmerz und sie war von Dunkelheit umgeben.

Schwärze und lähmende Stille waren das Erste, was sie wahrnahm, als sie wieder zu sich kam. Sie spürte einen stechenden Schmerz im Bein, etwas Warmes lief ihr an der rechten Schläfe herunter. Verzweifelt riss Sofia die Augen auf.

Zischender Dampf quoll unter der zerdrückten Motorhaube hervor. Entsetzt schaute die kleine Sofia nach links zu ihrer Mutter. Deren Augen waren geschlossen, Glasscherben bedeckten ihren Schoß und die rechte Hand ruhte auf der Mittelkonsole. Sofia sah Blut am Arm ihrer

Mutter entlanglaufen, löste mit zittrigen Händen den Sicherheitsgurt und wollte zu ihr.

Schmerzen schossen erneut durch ihren Körper und schwarze Punkte tanzten ihr vor den Augen. Ihr Blick folgte nun der Bahn des Schmerzes nach unten und sie bemerkte, dass ihr Bein eingeklemmt war. Sie blickte wieder zu ihrer Mutter hin, deren Augen noch immer geschlossen waren. Sofia streckte ihre Hand aus und griff nach der blutverschmierten Hand ihrer Mutter.

„Mama?"

Sie drückte die Hand leicht, doch es kam nichts zurück. Sofias ganzer Körper fing an zu zittern, Panik breitete sich in ihr aus. Wie durch Watte hörte sie Sirenen näherkommen, nahm aber nur schemenhaft Gestalten wahr, die sich um das Auto herum bewegten. Erneut drückte sie die leblose Hand ihrer Mutter, voller Hoffnung, doch auch diesmal blieb ihr Versuch unbeantwortet.

„Mami?", kam es nur noch flüsternd über ihre Lippen.

KAPITEL 1

Langsam, ganz langsam hob sie den fremden Arm hoch, der auf ihrem Bauch lag. Vorsichtig und lautlos rutschte sie ein Stück weiter zur Bettkante hin. Bloß nicht zu schnell bewegen, um die andere nicht zu wecken. Als sie weit genug entfernt war, legte sie den Arm behutsam auf die Matratze, stützte sich selber vorsichtig ab und stand auf. Der Fußboden war kalt und ein Frösteln durchzog ihren Körper, als ihre Fußsohlen die Kälte spürten.

Sie blickte wohlwollend auf den nackten Körper der Frau, die bäuchlings vor ihr lag. Blond, schlank und eine Granate im Bett. Ein Lächeln huschte über ihr Gesicht. Ja, das war genau das, was sie gebraucht hatte.

Sie blickte auf die Uhr, die auf dem Nachtschrank stand, und ging schnell und leise ins Badezimmer. Sie schloss die Tür nicht ganz, sondern lehnte sie nur an, um auch das kleinste Geräusch zu vermeiden. Im Bad drückte sie schließlich auf den Lichtschalter. Nachdem sie sich ein paar Spritzer kaltes Wasser ins Gesicht geworfen hatte, stand sie vor dem Spiegel, ihre Arme auf dem Wachbeckenrand aufgestützt, und musterte ihr Erscheinungsbild.

Blutunterlaufene und leicht geschwollene Augen, die von zu viel Alkohol und zu wenig Schlaf zeugten. Lippen, die von ausgiebigen und intensiven Küssen gereizt waren und wild verstrubbelte Haare. Ein zufriedenes Lächeln zog sich über ihre Lippen.

Sie wusste gleich, als sie die Blondine sah, dass sie leidenschaftlich sein musste. Es war schön mit ihr gewesen, zärtlich, dann wiederum ein wenig zu hart, aber es war genau das, was sie nötig gehabt hatte. Jetzt ging es ihr besser; wenn doch nur ihr Aussehen nicht so desaströs wäre.

Wenn sie sich beeilte, schaffte sie es noch nach Hause, um eine kurze Dusche zu nehmen und saubere Klamotten überzustreifen. Ja, das war notwendig, ein Muss, sonst würde es erneut Ärger mit ihrem Lieutenant geben, und den ganzen Tag konnte sie sich schließlich nicht vor ihm verstecken. Ein Rascheln aus dem Schlafzimmer erweckte ihre Aufmerksamkeit. Wie war ihr Name noch gleich? A...? Angelika? Anna? Anne?

Sie steckte den Kopf ins Schlafzimmer. Die andere schlief immer noch.

Schnell und möglichst leise nahm sie ihre Sachen und schlüpfte zuerst in die Hose. Immer wieder vergewisserte sie sich, ob A. noch schlief, während sie sich Stück für Stück weiter anzog. Ihre Augen hatten sich an die Dunkelheit gewöhnt und so schaffte sie es, ohne gegen ein Hindernis zu stoßen, die Wohnung zu durchqueren und direkt bis zur Haustür zu gelangen. Langsam und behutsam zog sie die Tür hinter sich ins Schloss.

KAPITEL 2

Pling, die Fahrstuhltüren im dritten Stock des Boston Police Departments öffneten sich. Das Erste, was sich dem Blick bot, waren zwei Coffee-to-go-Becher, die aus dem Fahrstuhl spazierten.

Detective Travis Cooper wusste, dass nur eine einzige Person, außer ihm selbst, zu dieser frühen Stunde auftauchen konnte, nämlich seine Partnerin Jamie D. Johnson.

Er musterte sie eingehender. Sie trug feste, schwarze Turnschuhe, dunkelblaue, eng anliegende Jeans, ein schwarzes, figurbetontes T-Shirt und ihre ebenfalls schwarze Lederjacke, die sie immer und überallhin begleitete.

Hohe Wangenknochen, ein markantes Kinn und schwungvolle Lippen bestimmten ihr Gesicht. Die schwarzen, lockige Haare, die durch den kurzen Haarschnitt noch stärker durcheinandergewirbelt waren, gaben ihrer Trägerin einen etwas wild wirkenden Touch.

Hinter der schwarzen Sonnenbrille wusste er Augen verborgen, von einem so dunklen Braun, dass es in bestimmten Momenten schon fast schwarz wirkte. Einen solch intensiven Ton hatte der erfahrene Ermittler noch bei keinem Menschen zuvor gesehen.

Bei Verhören oder Befragungen waren solche Augen von Vorteil, wenn er den guten Cop spielte und sie den bösen Gegenpart mimte.

Sobald sie wütend wurde, wechselte die Farbe ihrer Iris fast ins Schwarze und dies verfehlte nicht den gewünschten Effekt, besonders wenn die Personen im Vernehmungsraum ohnehin schon sichtlich nervös waren.

Langsam und bedächtig schritt seine schwarzhaarige Kollegin an den Doppelschreibtischen vorbei, die sich im Dezernat gegenüberstanden und jeweils einem Team Platz zum Arbeiten boten. An der Art ihres Ganges und seiner Geschwindigkeit konnte Cooper genau ablesen, was Jamie gestern nach Feierabend getrieben hatte.

Er verstand nicht, warum Jamie niemand Festes in ihrem Leben hatte. Oder besser gesagt, warum sie sich nicht dafür entschied, eine feste Beziehung zuzulassen. An mangelnden Angeboten lag es sicher nicht. Er schmunzelte, wenn er darüber nachdachte, wie oft sie morgens in den zerknitterten Klamotten vom Vortag im Department aufkreuzte.

Oft genug hatte er mit ihr über den Wert von echten Beziehungen gesprochen, welchen Ausgleich und gleichzeitigen Ruhepol sie im Leben bedeuten konnten, bis er es aufgab und seine Frau Susan meinte, eine bessere Idee zu haben.

„Warum mit ihr über etwas reden, wenn man es ihr doch auch zeigen kann?“, fragte sie. Sie lud Jamie zum Abendessen ein, um ihr zu demonstrieren, wie erfüllend es war, einen Lebenspartner an seiner Seite zu haben. Dass es einen anderen Ausweg gab, sich von der Arbeit abzulenken, als seine Zeit mit unverbindlichem Sex zu vergeuden. Jamie sollte sehen, welche Welt sich ihr bieten könnte, wenn sie sich nur auf eine Liebesbeziehung einließe.

Mit der Sonnenbrille auf der Nase und einem verschmitzten Lächeln auf den Lippen setzte Jamie den

Coffee-to-go-Becher für Cooper auf seinem voll beladenen Schreibtisch ab. Seit fünf Jahren waren sie nun schon Partner, und dieses Lächeln kannte er nur zu gut. Er schüttelte den Kopf.

„Was ist?“, fragte Jamie scharf.

„Nichts, was soll sein?“

Jamie wusste, dass ihr Partner ihr Verhalten nicht verurteilte, obwohl er ihr immer wieder damit in den Ohren gelegen hatte, sich doch niederzulassen und eine Familie zu gründen. Als sie anfingen, miteinander zu arbeiten, hatte er pausenlos davon geredet, wie schön es sei, nach Hause zu kommen und jemand wäre da, der einen erwartete. Ein Kinderlachen, das einen alles vergessen ließ, besonders wenn man einen schweren Tag auf der Arbeit gehabt hatte.

Mit seinen fünfzig Jahren gehörte Travis Cooper in Polizeikreisen bereits zum alten Eisen, die Jahre hatten an ihm gezerrt. Seinem Gesicht waren die Strapazen des Schichtdienstes und vieler Überstunden anzusehen, seine Haare waren bereits ergraut.

Doch seine Verbindung zu Jamie war etwas Besonderes, man sah es in seinen Augen, die stets Verständnis und Wohlwollen ihr gegenüber ausstrahlten. Sie war für ihn wie eine Tochter und ihm ans Herz gewachsen. Nie verurteilte er die junge Frau, sondern blieb die Ruhe selbst und war stets mit Rat und Tat zur Stelle, wenn sie ihn brauchte.

Mit seinem kurzen Militärhaarschnitt strahlte Cooper Autorität und Stärke aus. Doch die Lachfalten um seine Augen verrieten, dass er ein lebensfroher Mensch war. Er war ziemlich stark untersetzt. Sein runder Kugelbauch zeugte vom guten Essen, mit dem er zu Hause verwöhnt wurde.

Seine Kinder gingen bereits aufs College, aber er wurde nicht müde, seiner Kollegin Geschichten von ihnen zu erzählen. Alles, in epischer Breite, von ihrer Geburt bis zum heutigen Tag.

Jamie störte das nicht, sie hörte ihm gerne zu, obwohl ihr klar war, dass dahinter der Versuch steckte, sie von den Annehmlichkeiten eines geregelten Lebens zu überzeugen. Immer wieder fing er mit dieser Leier an, bis sie sich eines Tages den Finger ins Ohr steckte und darin herumpopelte.

„Was hast du?“, hatte er sie irritiert gefragt.

Sie nahm den Finger aus ihrem Gehörgang, schaute verdutzt auf denselbigen, sagte dann aber mit einem verschmitzten Grinsen: „Ich dachte, ich blute schon aus dem Ohr.“

„Ha, ha, sehr witzig. Brauchst doch nur was zu sagen, dann hör ich schon damit auf.“

„Cooper, ich höre deine Familiengeschichten gerne, aber nicht, wenn du versuchst, mich zu bequatschen, wie erstrebenswert das alles doch auch für mich wäre.“

Jamie war regelrecht ungehalten geworden.

„Noch mal zum besseren Verständnis. Es freut mich, wenn du mir von deinen Kindern und deiner Frau erzählst, und ich möchte es nicht missen. Du weißt, ihr seid meine zweite Familie. Aber ich lebe mein Leben so, wie ich es für richtig halte, und da brauche ich weder deine Ratschläge noch deine Anmerkungen. Ich bin zufrieden, so wie es ist. Die Vergangenheit hat mir gezeigt, dass es keine gute Idee ist, etwas daran ändern zu wollen, und damit basta!“

Ihr war in diesem Moment klar, dass Cooper nicht nochmals auf das Thema feste Partnerschaft eingehen würde.

Wenn sie von dem Fiasko mit Ruby anfing oder dies als Argument benutzte, dann wusste er, dass damit das Thema für sie erledigt war. Schließlich hatte er ihr versprochen, sie nicht mehr zu nerven.

Aber er wäre nicht ihr Partner und väterlicher Freund gewesen, wenn er es damit auf sich beruhen ließe. Cooper versuchte zwar nicht mehr, sie mit Worten zu überzeugen, aber er nutzte jede Gelegenheit, Jamie gemeinsam mit seiner Frau die Vorteile der Zweisamkeit vor Augen zu führen.

Jamie wusste nicht, wer von den beiden tatsächlich auf diese glorreiche Idee gekommen war, Cooper selbst oder seine Frau.

Dabei glaubte sie selbst noch nicht einmal daran, dass irgendwer auf die entscheidende Art und Weise so nahe an sie herankommen könnte. Und wenn dies doch geschehen würde, müsste sie sich die Frage stellen, wer dazu überhaupt in der Lage wäre – zu vieles in ihr lag verschüttet, zu vieles war zerstört.

Jedenfalls hielt sich Cooper eisern an sein Versprechen, nicht mehr darüber zu reden.

Wenn sie abends bei ihm zu Hause auf der Terrasse saßen und gemeinsam nach dem Barbecue ein Bier tranken, sah sie, wie zufrieden er war und welche Ruhe er ausstrahlte. Sie freute sich für ihren Partner, dass er diesen Weg gefunden und eine verständnisvolle Frau an seiner Seite hatte, die dem enormen Druck, der im Beruf auf ihm lastete, standhielt. Manchmal beneidete sie ihn sogar darum.

Der Job war der Job, danach war Feierabend und er ging nach Hause zu seiner Frau, die sich mit seiner Arbeit arrangierte und damit keine Probleme hatte.

Wollte sie selbst auch? Nein, ganz bestimmt nicht! So etwas konnte sie sich beim besten Willen nicht vorstellen.

Sie schnaufte frustriert durch die Nase und schlug die Akte auf ihrem Schreibtisch auf.

Nein, das mit Ruby hatte ihr gereicht. Sie nahm sich jetzt einfach, was sie wollte. Jede Frau, die etwas mit ihr anfing, wusste, worauf sie sich einließ, und sie waren alle damit einverstanden. Wenn sie doch mehr wollten oder am Helfersyndrom litten, war Jamie schneller weg, als man gucken konnte. Für sie war Sex Spaß, und das war gut so.

Sie spürte Coopers fragenden Blick von dem gegenüberliegenden Schreibtisch und war nur noch genervt von ihrem Gedankengang, in den sie sich selbst verstrickt hatte.

„Okay, sag es!“, forderte sie ihn auf.

Cooper blickte nicht von seinen Unterlagen auf. „Ich hab nichts zu sagen.“

„Pfff“, ungläubig schaute sie ihn an.

Doch er blieb standhaft und studierte eingehend die Akte in seinen Händen. Er wusste, dass es jetzt besser war, nichts zu ihr zu sagen. Sie wollte nicht darüber reden, und das respektierte er.

Beide widmeten sich erneut den Papieren auf ihren Tischen. Immer wieder bemerkte sie, dass Coopers Blick sie streifte, aber sie ging nicht darauf ein.

Jamie hatte ihm die Möglichkeit gegeben, sich zu äußern, doch er hatte sich dagegen entschieden. Noch einmal würde sie ihm nicht die Chance geben, komme, was wolle. Da konnte er lange drauf warten.

Vielleicht spendiert er mir ja zur Entschuldigung ein Mittagessen.

Das war schon öfters vorgekommen, wenn sie sauer auf ihn war.

Gar nicht mal so eine schlechte Idee.

Jamie biss sich bei diesem Gedanken auf die Innenseite der Wange, um ein verräterisches Grinsen zu unterdrücken.

So vergingen zwei Stunden und jeder blieb vertieft in seinen Papierkram, ohne auch nur ein Wort mit dem anderen zu wechseln.

„Ich glaube, da haben zwei einen Ehestreit!“, spottete Detective Kevin Lewis lachend.

Jamie schaute scharf aus dem Augenwinkel auf den Enddreißiger mit seinen kurzen blonden Haaren und dem perfekten Seitenscheitel. Durch seine gebräunte Haut, die dem Teint eines Surfers ähnelte, der den ganzen Tag am Meer verbrachte, kamen seine blauen Augen noch besser zur Geltung, und das wusste er.

Mit drei Scheidungen führte Lewis die Spitze im Team an und erwähnte immer wieder, wie froh er war, keine Kinder zu haben, da er so weniger Alimente zahlen musste. Es reichte ihm schon, dass seine dritte Ex-Frau immer noch keinen neuen Mann geheiratet hatte und er somit noch immer für sie zahlen musste.

Da gab Jamie ihm recht, nicht im Sinne der Zahlung, sondern was das Thema Kinder betraf.

Ruby hatte Kinder gewollt, aber Jamie wollte keine. Immer wieder hatte Ruby sie gedrängt, mit ihr gemeinsam ein Kind zu haben. Wie schön es doch wäre, so einen kleinen Lockenkopf zu haben mit den gleichen Haaren wie Jamie . Wie schön es wäre, dem Kind durch die Haare zu streicheln, so wie sie es immer gerne bei Jamie tat.

Als wären meine Haare das einzig Interessante an mir. Bei diesem Gedanken seufzte Jamie und verdrehte die Augen. Dass es Jamie störte, wenn sie ihre Haare noch mehr durcheinanderbrachte, das hatte Ruby ignoriert, egal wie oft Jamie ihr das sagte. Bis sie es irgendwann aufgab.

Außerdem, so meinte Ruby, würde ein Kind das Band zwischen ihnen verstärken. Schon damals hatte Jamie sich bedrängt gefühlt bei diesen Worten, es war, als ob ihr jemand mit der Hand den Hals umschloss und ihr die Luft zum Atmen nahm. Nach zwei Jahren mit Ruby konnte sie sich immer noch nicht vorstellen, ein Kind mit ihr zusammen zu haben. Und was wäre jetzt, nach ihrer Trennung? Sie würde das Kind nur jedes zweite Wochenende sehen oder ein verbitterter Kampf um das Sorgerecht würde toben.

„Ohoho, da ist wohl jemand nicht ganz bei uns! Wohl eine zu anstrengende Nacht gehabt. Was meinst du, Kennedy?“, fragte Lewis grinsend in den Raum.

Detective Robert Kennedy beugte sich leicht über den Schreibtisch und hielt die Hand so, als würde er flüstern, doch er sprach laut genug, dass man ihn hören konnte.

„Also ich meine, wenn Mummy und Daddy sich trennen, was glaubst du, wer uns bekommt?“ Als er dies sagte, machte er eine nickende Kopfbewegung in Richtung Jamie und Cooper.

„Also ich wäre ja für Daddy. Mummy mit ihrem ständigen Frauenverschleiß wäre wohl kein gutes Vorbild.“ Lewis fing laut an zu lachen, als er das von sich gab.

Beide Männer steigerten sich in ihr Gelächter hinein, doch als sie das knirschende Geräusch des Stuhls hörten, verstummten sie schnell und widmeten sich ihren Schreibtischen.

Jamie ging mit langsamen Schritten auf die beiden zu.

Als sie vor ihren Tischen stehen blieb, verschränkte sie die Arme vor der Brust, brachte ihre Beine in Stellung. Ihre Füße schulterbreit auseinander gestellt, drückte sie ihr Kinn angriffslustig nach vorne und wartete. Beide Männer taten so, als würden sie ihre Kollegin nicht bemerken. Kevin blätterte die Seiten seiner Akte hin und her und Robert entfernte imaginäre Fussel von seinem T-Shirt.

„Jetzt hört mal gut zu“, knurrte Jamie die Männer an und beide blickten auf.

Jamie schaute vom einem zum anderen.

Leise zischte sie: „Was ich euch jetzt sage, das sage ich nur ein einziges Mal! Also hört genau zu. Wenn ihr denkt, dass ...“

„Johnson, Cooper, in mein Büro! Sofort!“

Jamie fuhr herum und sah ihren Vorgesetzten in der Tür seines Büros stehen. Mit einem genervten Ton ausatmend, winkte sie in Richtung der beiden Männer ab, die gerade noch in ihrem Fokus gestanden hatten, drehte sich auf dem Absatz um und Cooper schloss sich ihr an. Beide tauschten auf dem Weg ins Büro ihres Lieutenants einen kurzen Blick aus und nickten sich zu.

„Puh, ich dachte, die reißt uns den Kopf ab!“

„Dann bring nicht immer solche Sprüche, Lewis. Immer erst ne dicke Lippe riskieren und dann ziehst du den Schwanz ein.

Und du willst Detective in einer Gang-Unit sein. Vielleicht solltest du lieber Straßenpolizist in einem schönen, ruhigen Vorort werden."

„Ach, halt die Klappe, Kennedy."

KAPITEL 3

Lieutenant Morales hatte es sich in seinem Ledersessel hinter dem großen Schreibtisch aus Mahagoniholz bequem gemacht. Vor ihm lag eine offene Akte. Cooper und Johnson blieben stehen, bis er mit der Hand eine Geste machte, dass sie sich setzen sollten.

Jamie ließ sich in einem der Besuchersessel nieder und schaute sich um, während ihr Lieutenant noch kurz einen Blick in die Unterlagen warf.

Die Wände waren gespickt mit Auszeichnungen und Zeitungsartikeln, die die Erfolge des gesamten Teams feierten. Auf der rechten Seite des Schreibtisches häuften sich Unmengen an Dokumenten.

Ein Fotorahmen stand neben dem Stapel, von dem sie nur die Rückseite sah, aber aus Erfahrung wusste, dass er ein Familienbild enthielt.

Links stand ein dampfender Kaffeebecher bereit. Jamie musste grinsen, es war bestimmt schon sein vierter an diesem Morgen. Jeder wusste Bescheid, dass die Frau des Lieutenants ihm zu Hause striktes Kaffeeverbot erteilt hatte, um seinen Blutdruck nicht unnötig in die Höhe zu treiben. Das Department war für ihn die einzige Möglichkeit, an seine Kaffeeration zu kommen, zumindest an welchen mit Koffein.

Mit Ende fünfzig hatten die Haare des Lieutenants das Zeitliche gesegnet, was ihm den Spitznamen Bowlingkugel bei seinen Mitarbeitern eingebracht hatte und sein ganzes Erscheinungsbild noch strenger erscheinen ließ.

Doch Morales war der fairste Lieutenant, den sie jemals erlebt hatten.

Wenn es Ungereimtheiten gab oder ein Teammitglied Probleme bekam, stellte er sich zuerst beschützend vor sein Team und hörte sich erst später die Versionen seiner Leute an.

Jeder seiner Mitarbeiter wusste genau dies zu schätzen, einen Chef, auf den man zählen konnte, hart, aber fair. Absolut niemand hätte auch nur ansatzweise gewagt, ihm unprofessionelles Verhalten vorzuwerfen.

Morales' Gesicht war mit Falten übersät und Jamie fragte sich, inwieweit das mit seinem Job zu tun hatte. Waren es Sorgenfalten oder Unmutsfalten? Wie mochte die Beförderung zum Lieutenant sein Leben verändert haben?

Die Bilder an der Rückwand seines Büros zeugten von großen Erfolgen, die er in seiner Polizeiarbeit errungen hatte. Besonders das eine Foto mit ihm und dem Bürgermeister stach ihr ins Auge. Händeschüttelnd lächelten die beiden in die Kamera.

Monatelang hatte Morales mit seinem Team die berüchtigte Scorpion-Gang beobachtet, Undercoveragenten wurden eingeschleust und nächtliche Observierungen anberaumt.

Cooper hatte ihr leidgetan, dass er nachts nicht zu Hause im Bett neben seiner Frau liegen konnte, aber bei ihr und Ruby fing es damals gerade an zu kriseln. Daher war es ihr nur recht, nachts nicht bei ihr sein zu müssen. So konnte sie ihren Vorwürfen, dass der Beruf ihr wichtiger sei als die Beziehung mit ihr, aus dem Weg gehen.

Als sie endlich den Waffen-Deal eingefädelt hatten und an einem Abend zugriffen, lief alles reibungslos. So reibungslos, wie man es für ihre Verhältnisse erwarten konnte. Keines der Gangmitglieder wollte freiwillig aufgeben. Ein Kugelhagel setzte ein, aber sie hatte sich auf ihr Team blind verlassen können, darauf, dass jeder jedem Kollegen Rückendeckung gab.

Tage später fand dann die große Pressekonferenz des Bürgermeisters statt.

Er lobte die Arbeit des gesamten Dezernats in höchsten Tönen. Die beschlagnahmten Waffen und Drogen wurden auf einem Tisch ausgebreitet und der Bürgermeister und Morales stellten sich in Positur, direkt hinter ihrer Beute, und schüttelten sich triumphierend die Hände. Die Stadt war ein wenig sicherer geworden.

Woher die Waffensendungen kamen, wurde damals nicht beantwortet. Es zählte allein der Moment des Sieges und der Präsentation des Erfolgs. Die Bürger der Stadt sollten sich wohler fühlen, wieder ohne Angst auf die Straße gehen können.

Morales verstand Jamies Bedenken, dass es nicht ausreichte, nur gegen die Gangs zu kämpfen und die Lieferungen zu unterbinden, sondern dass die Quelle des Übels gefunden werden musste. Es war nur eine Frage der Zeit, bis neue Waffenlieferungen auftauchten. Wenn man die Urheber finden würde, wäre ihr Einsatz viel effektiver, als die Verbrecherhierarchie von ganz unten her zu bekämpfen. Zwar hatte Morales auch mit dem Bürgermeister über diese sinnvollere Strategie geredet, doch der momentane Sieg reichte dem vollkommen aus. Bald würden neue Wahlen stattfinden, aus denen er sich bereits als strahlender Gewinner sah.

Morales hatte Jamie erklärt, dass ihre finanziellen Mittel angesichts der aktuellen Budgetkürzungen einfach kein Geld hergaben, um eine Sondereinheit zusammenzustellen.

Was Jamie aber in ihrer Freizeit tat, wäre finanziell nicht von Belang, wie ihr Vorgesetzter es ausdrückte. Sobald sie eine wichtige Spur oder einen Hinweis fände, der nicht von der Hand zu weisen war, würde ihr Lieutenant jedoch alle Hebel in Bewegung setzen, damit sie die volle Unterstützung zur Aufklärung bekäme.

Beide hatten sich über die unausgesprochenen Worte hinaus verstanden, und schon wieder konnte sie nur den Kopf über die politischen Entscheidungen schütteln, die für sie als Polizistin weit weg von der Realität waren und so gar nichts mit den wirklichen Problemen auf den Straßen gemein hatten.

Jamie hatte nie den Drang verspürt, die Karriereleiter weiter nach oben zu steigen. Sie wollte aktiv gegen das Verbrechen kämpfen und wusste, dass sie nie in der Lage wäre, mit einem Lächeln Hände zu schütteln, wenn es in einem Fall noch so viele unbeantwortete Fragen gab.

Ihr war bewusst, dass es ab einem gewissen Punkt auf der Karriereleiter in ihrem Job nur noch um die Politik ging und nicht darum, den Kriminellen wirklich das Handwerk zu legen, und das konnte sie mit sich und ihrem Gewissen nicht vereinbaren.

Am Tag nach dem Händeschütteln hatte Morales sie zu einer persönlichen Unterredung in sein Büro gebeten und nach ihrer Meinung zu dem Fall gefragt. Sie konnte nicht anders und hatte ihrem Frust freien Lauf gelassen. Sie wollte sich nicht mit einem Teilerfolg zufriedengeben, dafür war es noch viel zu früh. Sie wollte der Schlange den Kopf abschlagen. Dafür war ihr kein Weg zu weit und nahezu jedes Mittel recht.

Jetzt blickte ihr Lieutenant von der Akte auf und sah sie und Cooper erwartungsvoll an: „Wie ist der aktuelle Stand?“

„Es hat sich bis jetzt nichts verändert. Die 13th-Street-Gang bekommt morgen eine Lieferung von fünfzig AK-47.“ Sie lehnte sich in ihrem Sessel leicht nach vorne und sah Morales offen ins Gesicht. „Es wird eine bedeutende

Lieferung sein, denn die Gang will ihr Territorium erweitern und dafür brauchen sie durchschlagkräftige Waffen.

Der Deal ist für morgen um dreiundzwanzig Uhr geplant, im Lagerhaus an der Frontage Road, zwischen den Bahngleisen und dem Southeast Expressway. Der Lieferant soll höchstpersönlich anwesend sein. Sie wollen sich nicht mit einem Zwischenhändler zufriedengeben, also wird jemand von höherem Rang erscheinen. Wer es ist, wissen wir nicht, aber das klärt sich spätestens morgen Nacht. Die Fluchtmöglichkeiten sind zahlreich, aber wir werden an allen Ein- und Ausgängen Leute postieren, um ihnen den Weg komplett abzuschneiden."

Morales nickte, schlug die Akte zu und legte seine Ellenbogen auf den Schreibtisch.

„Okay, Leute, wenn wir das hier nicht verhindern, werden wir in den nächsten Wochen ein Blutbad auf den Straßen erleben." Er räusperte sich und sagte mit Nachdruck: „Ich hoffe, ihr wisst, dass es vom morgigen Einsatz abhängt, was zukünftig hier in dieser Stadt passieren wird." Seine Miene war ernst.

„Johnson, du sprichst heute Abend noch einmal mit deinem Informanten. Sollte sich etwas ändern, rufst du an. Ansonsten sehen wir uns morgen beim Briefing." Er machte eine kleine Pause und schaute Jamie fest in die Augen. „Das ist dein Einsatz, Johnson."

Mit einem Nicken ließ er die beiden wissen, dass die Besprechung beendet war.

KAPITEL 4

Nachdem der Lieutenant sie entlassen hatte, widmeten sie sich beide wieder ihrem Schreibkram. Sie spürte die fragenden Blicke von Lewis und Kennedy. Es dauerte keine Minute, bis Lewis ansetzte:

„Und?“

Jamie blickte von ihrer Akte auf: „Was und?“ Sie lehnte sich in ihrem Stuhl zurück und guckte Lewis an.

Sie wusste, dass die beiden neugierig sein und sie sofort ausfragen würden. Cooper und sie machten sich oft einen kleinen Spaß daraus, die beiden gekonnt zu ignorieren.

Lewis machte eine Kopfbewegung in Richtung des Büros des Lieutenants. Nun musste Jamie grinsen und schüttelte den Kopf.

„Nichts.“

Sie beugte sich wieder vor und studierte weiter ihre Akten. Ein frustriertes Schnaufen war zu hören. Nur mit den Augen blickte sie zu Cooper. Auch er musste grinsen und tat so, als sei er in seine Arbeit vertieft.

„Oohh, komm schon Johnson!“, begann nun Kennedy.

„Ich dachte, wir sind ein Team“ Auch er konnte sich diesen Kommentar nicht mehr verkneifen.

„Ihr seid schlimmer als meine Oma und ihre Bridgerunde!“ Jamie fing an zu lachen, stellte es aber sofort wieder ein. Einerseits verspürte sie leichte Kopfschmerzen, andererseits wusste sie, dass das Thema ernst genug war.

„Es ging um morgen“, setzte sie fort. Beide hörten ihr aufmerksam zu, als sie kurz wiedergab, worüber sie im Büro des Lieutenants gesprochen hatten und wie ernst die Lage war.

„Heute Abend treffe ich mich noch einmal kurz mit meinem Informanten und morgen geht es dann los.“

Beide Kollegen nickten bedeutungsvoll, ihnen war klar, wie riskant und gefährlich der morgige Einsatz werden würde, denn weder der Abnehmer noch der Verkäufer hatten etwas zu verlieren, und das machte das ganze Unterfangen umso gefährlicher.

Jamie sah, wie es bei den beiden im Kopf arbeitete, während sie sich wieder ihrer Arbeit zuwandten. Sie blickte in die Runde und war sich in diesem Moment ihrer Verantwortung ihren Kollegen gegenüber sehr bewusst. Sie leitete den Einsatz, und wenn jemand verletzt werden würde, wäre das ihre Schuld.

Ihr gegenüber saß ihr Partner Travis Cooper, der eine Frau zu Hause hatte und Kinder auf dem College. Er war mehr eine Vaterfigur als ein Partner für sie.

Dann war da noch Sunnyboy Lewis, dem, wie er selbst sagte, jede Frau wegen seines Aussehens und seines Charmes erlag. Aber wenn das Team zusammen etwas trinken ging und sie und er ihr Machospiel spielten, lag Jamie immer vorne, wenn es ums Abschleppen der Frauen ging. Natürlich hatte Lewis immer wieder Ausreden, warum er unterlag.

Robert Kennedy mit seinen rostbraunen Haaren und den braunen Augen war das genaue Gegenteil von Lewis. Er war in einer nicht so guten Gegend von Boston aufgewachsen. Er erschien eher in Jeans und Hemden und trug keine feinen Anzüge, wie Lewis es überwiegend tat.

Dafür kannte Kennedy alle Ecken von Boston, hatte selbst ein paar Delikte in seiner Jugendzeit verbrochen. Nichts Großes, aber dank seiner Eltern und deren schnellen Eingreifens, indem sie ihn zu seiner Großmutter schickten, hatte er doch die Kurve bekommen. Sie hatten damals gerade noch den richtigen Zeitpunkt erwischt und getan, was sie tun mussten, als sie ihn aus dem Brennpunkt seines Viertels und dessen schlechtem Einfluss herausnahmen und ihn fortschickten. Jetzt stand ihr Sohn auf der richtigen Seite des Gesetzes.

Lewis lebte bis heute mit seiner Frau in der Gegend, in der er geboren wurde und aufgewachsen war.

Sie wollten Kinder und hatten sich entschlossen, ein kleines Haus in einer etwas ruhigeren Straße zu suchen. Die meisten Menschen im Viertel kannten ihn. Er war hilfsbereit, er fungierte als Vermittler bei Streitigkeiten, wenn die Polizei nicht eingeschaltet werden sollte. Im Viertel galt er gemeinhin als fair, und das war die höchste Auszeichnung für einen Polizisten in dieser Gegend.

Jamie blickte erneut von einem zum anderen und sah ihr Team an. Sie vier arbeiteten oft zusammen. Sie schämten sich nicht, den anderen um Rat zu fragen. Für sie war es kein Zeichen von Inkompetenz, sondern von Wertschätzung und Vertrauen, das sie dem anderen entgegenbrachten. Vielleicht waren es gerade die Gegensätze zwischen ihnen, die sie so fest zusammenschweißten.

Morgen war nun der große Tag, morgen, so erhoffte sie sich, würde ihnen ein Durchbruch gelingen. Es würde gefährlich werden, sie trug die Verantwortung bei dem Einsatz. Jeder der Beteiligten vertraute Jamie und keiner würde sie jemals infrage stellen. Sie wusste, dass die anderen ihr, ohne mit der Wimper zu zucken, ihr Leben anvertrauen würden, und das Gleiche würde auch sie tun, wenn ein anderes Teammitglied die Leitung eines Einsatzes übernehmen müsste. Dies war ihre Einheit, ihre Verantwortung, ihre Spezialtruppe, die Gang-Unit.

Ihr Magen fing an zu rebellieren und diesmal wusste sie, es lag nicht am Alkohol, sondern an den Gedanken, die ihr zum morgigen Tag durch den Kopf gingen. Sie hatte ein ungutes Gefühl. Doch anvertrauen konnte sie sich niemandem aus ihrer Truppe, es wäre kein gutes Zeichen. Zeichen und Aberglaube waren immer dann von Nutzen, wenn eine solche Herausforderung wie die morgige bevorstand - und genau deshalb konnte sie den anderen nichts von ihrer unguten Vorahnung erzählen.

Cooper riss sie aus ihren düsteren Gedanken.

„Wir gehen heute Abend noch alle ins Old Bill, du kommst doch auch, wenn du das Treffen mit Mouse hinter dich gebracht hast?"

„Um wie viel Uhr? Und wer heißt wir?", fragte Jamie etwas geistesabwesend nach.

„Um acht und die Gang."

Es war ein Ritual, den Abend vor einer großen Razzia zusammen zu verbringen. Sich gegenseitig Geschichten zu erzählen, die peinlich waren, wie zum Beispiel Erlebnisse, die einem im Laufe der Karriere passiert waren, oder was man so von anderen Kollegen hörte, zusammen zu lachen und sich auch spielerisch eins auszuwischen. Sich noch mal aufzuputschen, Einigkeit und Vertrauen zu demonstrieren und dadurch das Zusammengehörigkeitsgefühl zu stärken. Danach ging jeder seinen eigenen Weg, zur Familie oder los, um jemanden abzuschleppen.

Keiner wollte einen solchen Abend alleine zu Hause verbringen, im Hinterkopf war immer der Gedanke, dass es der letzte sein könnte. Es war ihr Ritual, das sie in den Jahren immer wieder ausführten, den einen oder den anderen Weg nehmend. Jamie und Lewis hatten in den letzten zwei Jahren immer den zweiten eingeschlagen.

„Sobald ich mit Mouse geredet habe, stoße ich zu euch."

KAPITEL 5

Der Tag wollte einfach kein Ende nehmen. Francesca wollte nur noch Feierabend machen, ins Bett und eine Runde schlafen. Sie war völlig überarbeitet und morgen Abend fing ihr Vierundzwanzigstundendienst an, die ganze Woche war pures Chaos. Sie war überhaupt nicht auf der Höhe, konnte nicht die gewohnten einhundert Prozent geben und überlegte, woran das liegen könnte.

Während sie von hinten mit ihrem Stethoskop den rechten Lungenflügel ihrer Patientin Mrs. Allen abhörte, fragte sie sich, wie oft die alte Dame in diesem Monat wohl schon erschienen war. War es das dritte Mal, oder war sie noch häufiger da gewesen? Sie wusste es nicht.

Theoretisch müsste sie genervt sein, die häufigen Besuche dieser Frau und ihre eigenen, privaten Probleme waren eine schlechte Kombination. Doch ein Blick in das herzliche Gesicht der alten Dame genügte, und die Ärztin vergaß sofort ihren Unmut. Ihre privaten Probleme durfte sie niemals mit in die Notaufnahme nehmen. Sie könnte es sich nie verzeihen, wenn sie dadurch einen Fehler machen würde, nur weil sie nicht ganz bei der Sache war.

Sie hatte ja auch Verständnis für Mrs. Allen, ihr Mann war an einem Herzinfarkt gestorben und bei jedem noch so kleinen Verdacht lief sie seitdem in die Notaufnahme. Mrs. Allen gehörte schon fast zum Inventar und die meisten Krankenschwestern kannten sie beim Vornamen.

Es kam auch ab und zu vor, dass sie mit selbstgebackenen Keksen vorbeikam. Es mochte daran liegen, dass diese häufigen Besuche ihrer Patientin selbst schon peinlich waren und das Gebäck eine Art Entschuldigung sein sollte, vielleicht hatte sie aber auch einfach zu viel gebacken oder die Nascherei war nur als eine liebe Geste gemeint.

Sie vermutete Letzteres, und immer wenn Mrs. Allen die Notaufnahme aufsuchte und ihre Symptome schilderte, gab Francesca ihr Bestes. Sie untersuchte sie routiniert, aber sorgfältig, denn auch wenn sie so oft herkam, könnte der eine Tag eintreten, an dem sie wirklich krank war, und sie wollte diesen Fehler, dies dann zu übersehen, niemals aus Leichtfertigkeit heraus begehen. Dafür hatte sie die ältere Dame schon viel zu sehr ins Herz geschlossen.

Ihre Patientin hatte ihr irgendwann einmal anvertraut, dass der Verlust ihres geliebten Mannes sie fast selbst umgebracht hätte. Nur mit der Hilfe ihrer Familie konnte sie langsam anfangen, diesen Schmerz zu verarbeiten. Zweiundfünfzig Jahre waren sie verheiratet gewesen und er war die Liebe ihres Lebens. Als er starb, starb ein Teil von ihr mit. Ihre Kinder und Enkelkinder hatten größte Mühe, sie aus diesem Loch herauszuholen.

Die ersten Wochen hatte ihre Tochter bei ihr gewohnt, hatte sie ihr erzählt, und später war jeden Tag jemand bei ihr zu Besuch, um zu sehen, wie es ihr ging, oder einfach nur, um da zu sein. Die größte Hilfe, so sagte sie, waren ihre Enkelkinder. Unschuldige Kinder, die mit dem Wort Tod noch nichts anfangen konnten und die durch ihre bedingungslose Liebe, ihr unbefangenes Lachen, den dunklen Wolkenhimmel in ihrem Herzen zum Aufreißen brachten.

Francesca fragte sich, ob sie jemals so jemanden im Leben finden würde. Eine Seelenverwandte, mit der sie den Rest ihres Lebens verbringen würde. Die sie so liebte, wie sie war, die mit ihr lachen würde die sie lieben würde und sie tröstete, wenn es sein musste. Einen Menschen, der verlässlich für einen da war – komme, was wolle.

Sich mit einer Frau eine Zukunft aufzubauen, dieser Gedanke kam ihr immer häufiger. Zusammen ein Haus zu kaufen, Kinder zu haben und später vielleicht sogar Enkelkinder. Das Glück der Geburt mitzuerleben, die eigenen Kinder aufwachsen zu sehen, sie in den Arm zu nehmen und ihre Tränen zu trocknen, nach der Arbeit nach Hause zu kommen und von Liebe umhüllt zu werden.

Doch dazu müsste sie ehrlicher sein und von ihrer Vergangenheit erzählen können. Aber diesen einen, besonderen Menschen hatte sie noch nicht gefunden, dem sie von sich aus alles über sich erzählen wollte.

Einzig Kimberly wusste über ihre Vergangenheit Bescheid, und sie hatten nur einmal in ihrer zwölfjährigen Freundschaft darüber geredet, danach nie wieder. Es war einer der schwersten Momente in Francescas Leben gewesen, sich einem Menschen absolut anzuvertrauen.

Die Angst, dass Kimberly danach nichts mehr mit ihr zu tun haben wollte, schnürte ihr damals immer die Kehle zu. Sie hatte mehrere Anläufe gebraucht, um ihr endlich alles zu erzählen.

Frankie wünschte sich in den tiefsten Winkeln ihres Herzens, ein Leben wie Mrs. Allen führen zu können. Doch dachte sie, dass sie ein solches Leben niemals verdient hätte. Zu viel war passiert, zu viel Belastendes lag hinter ihr.

Als Francesca mit der Untersuchung fertig war, nahm sie ihr Stethoskop, legte es sich um den Hals und zog das Krankenhaushemd von Mrs. Allen am Rücken wieder leicht zusammen. Sie schrieb ihre Ergebnisse in die Akte und nahm sich den kleinen Stuhl, um sich ihrer Patientin gegenüberzusetzen. Die Dokumente lagen auf ihrem Schoß und ihre Hände ruhten darauf.

Francesca nahm eine Hand von Mrs. Allen in die ihre und legte beide Hände zusammen auf das Klemmbrett. Mrs. Allen hatte einen beunruhigten Gesichtsausdruck und ihre Augen wanderten nervös durch das Untersuchungszimmer. Francesca lächelte beruhigend und versuchte, Mrs. Allen dadurch ein wenig, ihre Nervosität zu nehmen.

„Ich habe nichts gefunden, was Anlass zur Sorge geben könnte. Ihr Blutdruck ist sehr gut, Ihre Atemwege sind frei und Ihr Herzschlag hat sich auch unauffällig angehört."

Mrs. Allen seufzte erleichtert auf, sogleich tätschelte sie die Hand, die auf ihrer lag.

„Gut, gut. Danke Kindchen. Ich hatte schreckliche Angst."

„Mrs. Allen, obwohl ich keinen gravierenden Grund zur Veranlassung sehe, möchte ich dennoch vorsichtshalber ein EKG anfertigen lassen. Ich habe keine Anzeichen für einen Herzinfarkt feststellen können und gehe davon aus, dass Ihre Symptome durch Stress hervorgerufen werden. Dennoch möchte ich auf Nummer sicher gehen." Die blonde Ärztin sah ihre Patientin nun eindringlich an.

„Ich vertraue Ihnen und wenn Sie der Meinung sind, dass es das Beste ist, dann sollten wir das machen."

Francesca stand auf und machte einen Vermerk in den Unterlagen.

„Gut, ich sage noch vorne Bescheid, dann wird man Sie holen."

Sie ging zur Tür und als sie den Griff schon in der Hand hatte, rief Mrs. Allen ihr noch schnell hinterher:

„Aber rufen Sie bitte keines meiner Kinder an, die machen sich sonst nur unnötige Sorgen."

Ein trauriges Lächeln zog sich über das Gesicht der Ärztin und sie hoffte, dass Mrs. Allen es nicht bemerkte.

„Das werden wir nicht. Machen Sie sich kein Sorgen, es ist wirklich nur eine Vorsichtsmaßnahme."

Mrs. Allen nickte erleichtert und Francesca trat in den Gang hinaus.

Die blonde Medizinerin lehnte sich an die Wand neben dem Behandlungszimmer und schloss für einen Moment die Augen.

Rufen Sie nicht meine Kinder an, sie würden sich nur umsonst Sorgen machen.

Dieser Satz ging Frankie nicht mehr aus dem Kopf. Um sie würde sich keiner Sorgen machen, wenn ihr etwas zustieß.

Irgendwann kommt immer der Punkt, an dem über die Vergangenheit geredet wird. Frankie wusste, sie würde sich auch bei einer neuen Frau wieder verschließen, so wie sie es auch bei Lucy getan hatte, bis diese endgültig die Schnauze voll und sie nun wirklich verlassen hatte.

Oft genug hatte Lucy ihr gedroht, zu gehen, und Frankie hatte sie immer wieder aufgehalten, doch das letzte Mal konnte und wollte sie dies nicht mehr. Die Trennung von Lucy war erst letzte Woche gewesen, doch sie selbst hatte sich innerlich schon lange von ihrer Freundin getrennt – genau das wurde ihr jetzt bewusst.

„Ich kann nicht mehr Frankie!“, hatte Lucy geschrien. Der geöffnete Koffer lag auf dem Bett und sie warf achtlos ihre Kleidung hinein.

„Ich weiß im Grunde gar nichts über dich. Nur, wo du geboren bist, und selbst das aus dir herauszubekommen, war ein Kraftakt. Dann weiß ich noch, wo du studiert hast, und kenne ein paar Geschichten über dich und Kim.“

Lucy riss heftig ihre Sachen aus dem Schrank, sodass die Bügel auf dem Boden landeten.

„Von deiner Kindheit habe ich rein gar nichts erfahren. Du sagtest, du hast keinen Kontakt mehr zu deiner Familie, aber warum, das hast du mir nie erzählt.“

Frankie hatte regungslos im Schlafzimmer gestanden und Lucy tatenlos beim Packen zugeschaut.

„Du blockst ab, wenn ich dir Fragen stelle. Nie sagst du mir, was in deinem Kopf herumgeht. Und wenn ich dich nachts alleine auf dem Sofa finde, bist du mental gar nicht anwesend." Lucy schüttelte resigniert den Kopf.

„Selbst wenn du nachts schreiend aus Albträumen aufschreckst, sprichst du nicht mit mir."

Dann schloss Lucy energisch den Koffer und ging zur Tür. Noch immer hatte Frankie nichts gesagt und war ihr nur gefolgt.

Lucy blieb an der offenen Tür stehen, stellte den Koffer ab und ging auf Frankie zu.

„Nenn mir nur einen guten Grund, warum ich nicht gehen sollte."

Frankie schwieg. Sie wusste schon, was sie sagen könnte, damit Lucy bei ihr blieb, doch es wäre eine Lüge gewesen. Und sie wollte nicht mehr lügen.

Lucy strich mit der Hand über Frankies Wange. Frankie schloss die Augen unter dieser Berührung.

„Liebst du mich überhaupt?" Es war nur noch ein Flüstern.

Frankie hielt die Augen immer noch geschlossen. Sie konnte Lucy nicht ansehen, denn dann würde die Antwort in ihren Augen zu sehen sein, und sie wusste schon in diesem Moment, dass es die letzte Berührung war, die sie jemals von Lucy bekommen würde.

Sie wollte diesen Augenblick von menschlicher Nähe ein letztes Mal genießen. So schnell würde ihr das nicht noch einmal zuteilwerden. Sie wusste, dass es für sie unmöglich war, sich einem Menschen so zu öffnen, wie es der Partner verdient hätte. Frankie überkam die Einsicht, dass sie wohl niemals dazu bereit wäre. Sie war der Situation hilflos ausgeliefert.

„Keine Antwort ist auch eine Antwort", sagte Lucy bitter.

Frankie spürte, wie Lucy ihre Hand sinken ließ und sich von ihr entfernte. Sie öffnete ihre Augen wieder. Lucy nahm ihren Koffer, drehte sich noch einmal um, in der Hoffnung, dass Frankie doch noch etwas sagen würde.

Hier kam sonst immer der Punkt, an dem Frankie sie an sich zog, sie leidenschaftlich küsste und ins Schlafzimmer drängte. Doch als kein Wort aus dem Mund ihrer blonden Freundin kam, wurde Lucy wütend.

Frankie würde sie dieses Mal nicht aufhalten, in dieser Erkenntnis wurde Lucys Blick eisig und ihre Augen funkelten boshaft.

„Ich weiß gar nicht, warum ich meine Zeit mit dir verschwendet habe. Du bist und bleibst ein emotionaler Krüppel."

Lucy schrie den letzten Satz: „Wer könnte dich schon lieben?"

Die Tür knallte mit einer Wucht zu, dass die Wände wackelten. Aber Frankie atmete tief durch und horchte in sich hinein. Was sie fand, erschreckte sie – sie fühlte einfach nichts.

Irgendetwas beunruhigte sie an der ganzen Sache. Es war aber nicht die Tatsache, dass Lucy sie verlassen hatte und sie auch keine Anstalten gemacht hatte, um sie aufzuhalten.

Das Problem war wieder einmal sie selbst. Zu lange und zu früh hatte sie sich ihrem Gegenüber verschlossen. Nichts zu fühlen war besser, als alles, was sie bis jetzt erlebt hatte. Ihre Erinnerungen waren gepflastert von einem schweren Verlust und dem damit verbundenen Schmerz. Danach war man ihr nur noch mit emotionaler Kälte begegnet und dazu hatte sie auch noch Verrat erfahren müssen. Wie sollte sie sich da jemals einer Frau gegenüber öffnen oder ihr vertrauen können? Gelernt hatte sie es nie, einem Menschen zu vertrauen. Und aus Selbstschutz hatte sie eine Mauer um sich herum errichtet, die ihr als Schutzschild diente.

Nun hatte sie schon wieder jemand verlassen, und das nur, weil sie sich nicht öffnen konnte – sich nicht öffnen wollte. Ihre Erfahrungen hatten ihr gezeigt, dass sie so besser dran war.

Frankie glaubte, wenn sie eine Frau jemals so nah an sich heranließe, so nah, dass sie selbst bereit war, dieser ihr Herz und ihre Seele zu eröffnen, würde die Kenntnis über Frankies Vergangenheit, die Offenbarung ihres geheimsten Selbst dazu führen, dass diese Frau sie plötzlich doch mit anderen Augen sah. Sie wusste, dass sie dann nicht mehr als der Mensch gesehen werden würde, der sie heute war, sondern dass man sie wegen des Lebens, das sie lange hinter sich gelassen hatte, verurteilen würde. Dessen war sie sich sicher, und warum sollte sie sich diesem Schmerz, dieser Pein aussetzen? Es wäre ohnehin sinnlos.

Sie versuchte, sich an ihre Empfindungen zu erinnern, als die Tür hinter Lucy ins Schloss fiel. Es fühlte sich richtig an. Sie hatte Lucy nie geliebt, sie wollte nur nicht alleine sein, nicht in eine dunkle, kalte Wohnung kommen.

Nach einem langen Dienst im Krankenhaus konnte sie manchmal nicht vor den Eindrücken und Bildern fliehen, denen sie dort unausweichlich ausgesetzt war.

Eine verlassene und totenstille Wohnung war dann das Schlimmste, was ihr passieren konnte. Niemanden zu haben, mit dem sie reden konnte und der sie ablenkte. Dies führte dazu, dass sie nach besonders schweren, schicksalsträchtigen Tagen im Krankenhaus in Melancholie verfiel. Frankie fing in solchen Momenten an nachzudenken, und die Bilder der Vergangenheit, die sie vorher noch erfolgreich verdrängen konnte, kamen dann jedes Mal unausweichlich hoch.

Sie hatte vorausgesehen, dass es mit Lucy nicht lange halten würde, aber der Drang nach körperlicher Nähe und danach, von sich selbst abgelenkt zu werden, war einfach zu groß.

Sie hatte Lucy für ihre eigenen Zwecke benutzt. Sie schämte sich dafür und war gleichzeitig wütend auf sich, dass sie das Frauen antat, die sich zu ihr hingezogen fühlten.

Lucy hatte richtig entschieden, als sie ging, das wusste Francesca. Es gab keine gemeinsame Zukunft für sie beide.

Und doch spürte sie im Inneren diese Leere, eine Leere, die sie schon des Öfteren zu unüberlegten und selbstsüchtigen Handlungen verleitet hatte - getrieben aus Einsamkeit.

Es war wie ein Teufelskreis.

Der hoffnungslosen Leere folgten nach einiger Zeit unweigerlich wieder andere Gedanken, Wünsche und Sehnsüchte, das eigene Leben aufrichtig zu teilen, sich zu öffnen, jemanden in ihr Leben einzulassen, sich emotional verwundbar zu machen.

Ob sie das jemals wirklich konnte? Frankie wusste es nicht. Sie konnte nicht sagen, ob sie diese Stärke je besitzen würde.

Sie schloss bei diesen schmerzvollen Gedanken ihre Augen und schüttelte leicht ihren Kopf.

Niemals wird mir das passieren und schon gar nicht auf diese wundervolle Weise wie bei Mrs. Allen.

In diesem Augenblick war sie sich sicher – sie würde noch nicht einmal ein Bruchstück von diesem Glück abkriegen.

Sie wurde wütend auf sich selbst, auf ihre Unfähigkeit, zu vertrauen, und auf ihr ganzes verkorkstes Leben.

Lucy hatte recht, wer könnte sie schon lieben?

Das Anrecht, geliebt zu werden, hatte sie schon lange verwirkt und keine Frau würde sich jemals auf sie einlassen. Nicht, wenn sie die ganze Wahrheit über sie erführe.

Nein, solch ein Glück habe ich nicht verdient.

KAPITEL 6

Kimberly erschrak, als eine Metallmappe auf ihren Tresen knallte.

Sie griff sich an die Brust. „Mein Gott, willst du mich umbringen?"

Ohne aufzublicken und in einem schärferen Ton als beabsichtigt, sagte Francesca: „Mrs. Allen kriegt ein EKG, sie klagt über Brustschmerzen. Ruf in der Kardio an!"

„Gerne doch, wenn Sie so lieb bitten, Dr. Campell, wer kann da schon Nein sagen?", erwiderte die Rothaarige und versuchte, ihrer Aussage noch einen leicht dramatischen Touch zu verpassen, indem sie mit ihren langen Wimpern klimperte.

Francesca schaute auf und blickte in besorgt fragende, grüne Augen.

Zerknirscht sagte sie: „Tut mir leid, Kim. Heute ist irgendwie der Wurm drin."

„Frankie, was ist denn los?" Kimberly beugte sich nach vorne, während sie dies flüsternd fragte. Sie wollte vermeiden, dass die Umgebung etwas mitbekam.

„Wo ist die Akte von dem kleinen Jungen mit den Bauchschmerzen aus der Drei?"

Kim reichte Frankie die Akte und wusste, dass das Gespräch damit beendet war. Doch sie wäre nicht die beste Freundin der Ärztin, wenn sie sich so einfach abspeisen ließe. Frankie nahm die Akte, doch die Hand, die sie ihr reichte, hielt noch daran fest.

„Oh, komm schon, Kim! Wir haben kein Zeit."

„Dann nehmen wir uns eben die Zeit. Entweder sagst du mir, was los ist, oder wir beide halten diese Akte bis in alle Ewigkeiten fest!"

Frankie wusste, wie stur dieser kleine Rotschopf sein konnte. Sie überlegte, was sie ihr erzählen sollte. Eine Lüge käme nicht infrage, da Kim sie schon zu lange und zu gut kannte und sie sofort durchschauen würde. Also, was sollte es sein? Wenn sie ihr von ihren Gefühlen erzählen würde und von den Gedanken, die sie in letzter Zeit hatte, dann wusste sie, dass ihre beste Freundin heute Abend vor ihrer Tür stehen und erst wieder gehen würde, wenn alles bis ins kleinste Detail analysiert worden war.

Zu sehr war sie damit beschäftigt, dass sie diese neuen Gedanken, oder besser gesagt, die alten Gedanken, die hin und wieder in ihrem Leben auftauchten, zurück in die dunkle Ecke schieben wollte, wo sie hingehörten. Sie entschied sich für das kleinere Übel, in der Hoffnung, dass Kim sich damit zufriedengeben würde.

„Okay, ich sag es dir." Frankie spürte, dass der Widerstand, der an der Akte zog, schwächer wurde, und wie Kim die Mappe gleich darauf ganz losließ. Sie nahm die Unterlagen an sich und hielt sie vor die Brust, wie einen Schutzschild.

Kim sagte kein Wort und wartete geduldig. Sie wusste, wie schwer es für Frankie war, über sich selbst zu sprechen, ganz zu schweigen vom Sprechen über ihre Gefühle.

Zwei Jahre waren sie damals miteinander befreundet gewesen und Frankie wusste alles von Kim. Angefangen von ihrer Kindheit bis zu dem Tag, an dem sie sich kennenlernten.

Damals hatte es damit angefangen, dass Frankie von Woche zu Woche immer stiller wurde und Kim mit einem seltsamen Blick ansah. Wenn Kim ihr dann in die Augen schaute, sah sie dort eine Welle von Emotionen aufwallen. Es waren Fragen in diesem Blick zu lesen, Schmerz und eine große Traurigkeit. Kim sah den inneren Kampf, den Frankie ausfocht.

Kim wusste lange nicht, wie sie sich verhalten sollte, bis Frankie eines Abends bei ihr saß und mehrere Anläufe brauchte, um ihr von ihrer Vergangenheit zu berichten. Sie hatte geduldig zugehört und versucht, ihre eigenen Tränen zurückzuhalten und den Schock, den sie selber bekam, als sie Frankies Worten lauschte, ihr gegenüber nicht zu zeigen.

Frankie hatte bereits in jungen Jahren mehr erlebt und durchgemacht, als andere Menschen in ihrem ganzen Leben. Ihrer Meinung nach reichte es für drei Leben.

Als Frankie ihr alles erzählt hatte, verstand sie erst, warum ihre Freundin sich die ganze Zeit so komisch verhalten hatte, emotional so verschlossen war und nur das Nötigste aus ihrer Vergangenheit preisgab.

Frankie hatte abgewogen, ob sie ihr alles erzählen sollte, ob sie so viel Vertrauen haben konnte, alles zu offenbaren, oder ob sie ihr früheres Leben weiterhin für sich behalten sollte. Als Frankie sich ihr damals anvertraute, wusste Kim, was für ein besonderes Geschenk Frankie ihr machte, und ihre Freundschaft wuchs von Tag zu Tag.

Bis heute bestand diese tiefe Verbundenheit zwischen ihnen und ein unerschütterliches Vertrauen.

Fast denselben Ausdruck sah Kim jetzt wieder in Frankies Augen.

Nicht so stark und emotionsgeladen wie damals, aber auch jetzt focht sie einen inneren Kampf aus. Würde sie ihr die Wahrheit sagen? So schützend, wie sie die Krankenakte vor sich hielt, kamen ihr Zweifel. Sie kannte ihre beste Freundin, besser als es Frankie lieb war.

Frankie war sich nicht darüber im Klaren, dass sie kleine Eigenarten hatte, Zeichen, die sie von sich gab, wenn sie überlegte, aber nicht wollte, dass jemand erkannte, dass sie selbst in düstersten Gedanken gefangen war.

Kim kannte jedoch diese Zeichen, aber das würde sie Frankie nie verraten. Frankie würde sonst versuchen, diese untrüglichen Anzeichen ab sofort zu verstecken. Und damit wäre der Vorteil für Kim dahin, sie könnte nicht mehr in Frankies Gesten lesen wie in einem offenen Buch.

Frankie wiederum hatte ebenso ein gutes Gespür dafür, wenn es Kim schlecht ging. Sie war immer für sie da, stand ihr mit Rat und Tat zur Seite, übertrieb es mit ihrer Fürsorge nach Kims Meinung auch manchmal ein wenig.

Lief etwas aus dem Ruder, während ein anderer Arzt Dienst in der Notaufnahme hatte, und wollte dieser Arzt dann Kim, die leitende Krankenschwester der Notaufnahme, dafür verantwortlich machen, baute sich die blonde Ärztin vor ihrem Kollegen wie eine Löwenmutter auf, die ihr Junges beschützen wollte.

Aber andersrum erlaubte Frankie keine Fürsorge. Sie wollte nicht beschützt werden. Sie arbeitete länger als alle anderen, nahm ihren Kollegen Schichten ab und an Feiertagen meldete sie sich freiwillig zum Dienst.

Kim kam es so vor, als ob Frankie für etwas Buße tun wollte, etwas, woran sie keine Schuld trug. Aber das konnte Kim ihr nie wirklich sagen, sie hatten ja nur einmal über all das gesprochen. Besser gesagt, sie hatte nur zugehört und dann waren sie zu dem stillschweigenden Einverständnis gekommen, nie wieder darüber zu reden.

Also lernte Kim, sich in Geduld zu üben und Frankie auf sich zukommen zu lassen. Mit kleinen Gesten zeigte sie Frankie, dass sie jederzeit für sie da war. Ein Streicheln über den Rücken, ein Lächeln, das Vertrauen ausstrahlte, all das half, ein inniges Band zwischen ihnen wachsen zu lassen.

Und dann kamen sie immer mal wieder, die Momente, in denen Frankie sich ihr anvertraute, sich öffnete. Zwar nie so sehr, wie es sich Kim gewünscht hätte, aber sie nahm Kims Angebote an, für sie da zu sein, wobei diese spürte, dass Frankie doch immer etwas zurückhielt. Sie wusste, dass es daran lag, dass sie zu große Angst hatte, sich einem Menschen komplett zu öffnen und ihm bedingungslos zu vertrauen.

„Lucy hat mich verlassen." Frankie drehte sich abrupt um und ging. Sie nutzte den Moment von Kims geschockter Verwirrung aus und hastete den Gang entlang zur Kabine mit der Nummer drei.

Sie hörte nur noch ein laut gequietschtes „Waaas?" in dem Augenblick, als sie sich umdrehte und ging.

Kim war im ersten Augenblick perplex. Sie sah, wie Frankie sich abwandte und davoneilte. Der Schock wich der Wut, dass sie sich so leicht hatte abwimmeln lassen. Schnell sprang sie auf und lief dem weißen Kittel hinterher. Frankie war zwar groß und hatte lange Beine, doch den kleinen, schnellen Schritten von Kim konnte sie nicht entkommen.

Kim packte sie am Ellenbogen, um sie zum Anhalten zu bewegen, doch Frankie ging stur weiter.

„Was?" Kim schüttelte den Kopf. „Seit wann seid ihr getrennt?"

Frankie schaute sie nicht an, sondern legte die Hand an den Türgriff und zog die Tür auf. „Seit letzter Woche", und verschwand hinter der Tür.

Kim sprang mit in den Raum.

„Hallo Mika, ich bin Dr. Campell und ich werde dich jetzt untersuchen. Wo hast du Schmerzen?" Frankie saß auf ihrem Stuhl, um dem kleinen Jungen auf Augenhöhe zu begegnen.

Der kleine Mika zeigte auf seinen Bauch. Frankie schaute zur Mutter hoch, die bestätigend nickte. Sie sagte

Mika, dass er sich doch bitte auf die Liege legen sollte, damit sie ihn untersuchen konnte. Sie erklärte ihm, dass sie während der Untersuchung mit ihren Fingern Druck auf seinen Bauch ausüben würde und er ihr Bescheid sagen sollte, wenn er Schmerzen hätte, sie würde dann sofort aufhören.

Sie spürte den bohrenden Blick in ihrem Rücken. Sie musste sich nicht umdrehen, um zu wissen, dass Kim sie böse anfunkelte und dabei ihre Arme vor der Brust verschränkt hatte.

Mika schrie auf und Frankie entschuldigte sich bei ihm. Sie erklärte der Mutter, dass sie Mika noch mit dem Ultraschallgerät untersuchen werde.

Kim kam näher und stellte sich hinter Frankie. Sie beugte sich leicht vor, als würde sie mit in die Akte schauen.

Leise zischte sie dabei die Worte durch ihre Zähne: „Letzte Woche? Verdammt, Frankie, ich bin deine beste Freundin und du hältst es noch nicht einmal für nötig, mir so etwas zu erzählen?"

Frankie strafte sie mit einem wütenden Blick über ihre Schulter.

Kim wusste, dass Frankie sauer war, und sie wusste, dass es unprofessionell war, Persönliches, und sei es noch so leise, vor einem Patienten zu erwähnen.

„Würden Sie bitte die Vorhänge schließen, Schwester Evans."

Kim schloss die Vorhänge und verdunkelte den Raum, damit Frankie die Bilder auf dem Monitor des Ultraschallgerätes sehen konnte, während sie den kleinen Mika untersuchte.

„So, jetzt wird es ein bisschen kalt." Sie verteilte das Gel auf dem unteren Bauch des Jungen, der leicht zuckte, als die Kälte auf seine Haut traf. Sie drehte sich nach rechts, nahm die Ultraschallsonde und blickte noch kurz zu Kim, die sich an die gegenüberliegende Wand gelehnt hatte, sodass sie Frankie im Blick behalten konnte.

Die Arme wieder vor der Brust verschränkt, die Augen noch immer böse funkelnd, zeigte sie den typischen Blick, der sagte: so-leicht-kommst-du-mir-nicht-davon.

Frankie schluckte schwer, denn sie wusste, dass sie aus der Sache nicht so schnell herauskam.

KAPITEL 7

„Beverly wird sich freuen, morgen früh als Erstes eine Blinddarm-OP auf dem Brett zu sehen."

„Mh-mh."

Frankie schrieb weiterhin in die Krankenakte und versuchte, Kims Gemurre zu ignorieren.

„Wenn du heute Abend nach Hause fährst, nimmst du dann den OP-Plan für Beverly mit? Er müsste dann fertig sein."

Aus dem Augenwinkel sah Frankie, wie sich ein kleiner Schatten direkt vor ihr aufbaute. Sie zog die rechte Augenbraue hoch und schaute auf. Kim hatte die Hände in die Hüften gestemmt und sich scheinbar für einen Anranzer in Position gestellt.

Frankie hätte am liebsten laut losgelacht, wie ihre kleine rothaarige Freundin ihr so gegenüberstand, die ihr mal gerade bis zur Brust ging. Mit ihren ein Meter zweiundsiebzig empfand sie sich nicht als allzu groß, ihre Größe gefiel ihr. Aber wenn der kleine Feuerteufel mit seinen eins dreiundfünfzig sich so vor ihr aufbaute und sie nach unten schauen musste, dann stellte sie sich vor, wie es für die anderen aussehen musste. Dieser kleine Rotschopf, der so angriffslustig einer ihn um Haupteslänge überragenden Frau gegenüberstand.

Ihre Stimmung hellte sich automatisch auf und sie grinste Kim frech an. Kim war von dieser Reaktion total überrumpelt und ließ die Hände fallen, ungläubig schaute sie Frankie an. Dann packte sie Frankie an den Ellenbogen und zog sie in den Nebengang. Frankie ließ dies breitwillig mit sich geschehen, sie wusste, dass Kim sonst den ganzen Tag auf sie lauern würde, um sie zu erwischen, und vor ihr gab es kein Entrinnen.

Kim schaute nach links, dann nach rechts, kein Mensch war zu sehen. Obwohl sie gerne mit den anderen tratschte und nie abgeneigt war, die neuesten Gerüchte zu erfahren, wollte sie selbst, wie jeder andere Mensch auch, nie im Mittelpunkt einer neuen Geschichte stehen – und Frankie wollte sie das auch nicht antun.

Frankie selbst hielt sich immer aus allem raus, Gerüchten glaubte sie nie. Wenn doch jemand so aufdringlich war und ihr eine neue Story erzählen wollte, tat sie zwar so, als würde sie zuhören, ging dann aber im Kopf die Patientenakten durch oder den OP-Plan.

Erwartungsvoll schaute Kim Frankie an.

„Es tut mir leid", sagte Frankie schließlich.

„Leid? Was tut dir leid? Dass ihr euch getrennt habt oder dass du es mir nicht erzählt hast?"

Frankie überlegte lange und merkte, dass Kim recht hatte. Was tat ihr eigentlich leid? Und wenn sie ganz ehrlich zu sich selbst war, dann wusste sie die Antwort schon längst. Sie ließ resignierend die Schultern hängen.

„Wohl Letzteres." Sie wusste, dass es stimmte.

Nun schaute Kim sie beunruhigt an, legte ihre rechte Hand auf Frankies Oberarm und drückte ihn leicht. Mit besorgter Stimme sagte sie: „Frankie, was ist los?"

Ja, was ist los mit mir? Nach zwei Jahren oberflächlicher Beziehung bin ich eher froh, dass meine Partnerin ging, als dass ich traurig wäre. Und diese Beziehung war mir so gleichgültig, dass ich es noch nicht einmal für wichtig hielt, Kim von der Trennung zu erzählen. Lucy hat zwei Jahre des Zusammenlebens beendet, und ich kann nichts anderes sagen, als dass ich alles am nächsten Morgen vergessen und ganz normal weitergemacht habe. Als ob es Lucy nie gegeben hätte.

Was für ein Mensch bin ich eigentlich?

„Ich weiß es nicht." Es war die Antwort auf Kims Frage und zugleich auch auf ihre eigene.

Kim sah die Traurigkeit in Frankies Augen und ihr Herz zog sich zusammen. Mit festem, entschlossenem Blick schaute sie Frankie nun an.

„Wir beide gehen heute Abend was trinken und dann reden wir."

Frankie schaute sie misstrauisch an. Das war genau das, was sie nicht wollte, was sie aber letztlich selber ausgelöst hatte durch ihre emotionale Entgleisung.

„Aber was ist mit Beverly? Ich dachte, ihr wolltet einen schönen Abend zu Hause verbringen."

Die Schichten von Kim und ihrer Frau, der Allgemeinchirurgin, waren so unglücklich gelegt worden, dass sie sich seit über zwei Wochen nicht mehr richtig hatten sehen können. Wenn die eine durch die Tür kam, ging die andere fast im gleichen Moment. Sie gaben sich praktisch die Klinke in die Hand und Frankie sah, dass Kim unglücklich über dieses arbeitsbedingt miserable Timing war. Heute wäre der erste Abend gewesen, den sie nach langer Zeit wieder einmal gemeinsam hätten verbringen können.

Kim wedelte unwirsch mit den Händen in der Luft herum, als wollte sie Fliegen verscheuchen.

„Papperlapapp, sie wird es schon verstehen. Außerdem …" Sie beugte sich etwas vor und legte ihre Hand in einer verschwörerischen Geste an den Mund, als würde sie Frankie ein Geheimnis anvertrauen, „baut das mehr Spannung auf." Kim grinste und zwinkerte Frankie zu.

Jetzt gab sich Frankie laut lachend geschlagen.

„Okay, du hast mich überzeugt. Anscheinend tue ich eurer Beziehung damit einen Gefallen. Wo gehen wir hin?"

„Ins Old Bill."

„Ins was?“ Frankie hatte noch nie etwas von dem Laden gehört, und einladend klang der Name ihrer Meinung nach nicht gerade.

„Hast du es mit den Ohren? Ich sagte, ins Old Bill.“

Kimberly drehte sich um und ging zum Empfangstresen, Frankie lief währenddessen neben ihr her.

„Und was ist das für ein Laden?“ Frankie schielte nach links und sah ein kleines Grinsen auf Kims Mund.

„Es ist eine Cop-Kneipe, man kann dort Darts und Billard spielen. Die Getränke sollen gut sein und das Essen auch. Und eine gemütliche Atmosphäre herrscht dort ebenfalls.“

„Ah-ha. Und woher kennst du diesen Laden?“

„Ich persönlich war noch nie da, aber Beverly hat mir davon erzählt und da dachte ich mir, dass wir die Kneipe auch mal ausprobieren könnten.“

Frankie zog fragend die Augenbraue hoch, Kim knuffte ihr daraufhin in die Seite.

„Lass das! Ich mach mir da keine Gedanken. Wir haben uns die letzten Wochen gar nicht gesehen, und was soll sie tun? Die ganze Zeit zu Hause sitzen und Trübsal blasen? Wie du selbst weißt, bin ich auch nicht zu Hause geblieben. Sie vertraut mir und ich vertraue ihr. So einfach ist das!“

Nun grinste Kim verliebt, wie ein kleiner Teenager, und das nur, weil sie in diesem Moment an ihre Frau dachte.

Frankie hob in einer abwehrenden Geste die Hände, während Kim hinter den Tresen ging. Frankie blieb davor stehen und nahm sich die nächste Mappe.

„Okay, aber“, sie richtete ihren Zeigefinger warnend auf Kim, „ich trinke keinen Alkohol. Morgen Abend fängt meine Vierundzwanzigstundenschicht in der Notaufnahme an.“

„Kein Problem, seit wann brauchen Frauen Alkohol, um ihre Zunge zu lockern?“ Was Kim tatsächlich dachte, würde sie Frankie gegenüber nicht aussprechen.

Du bräuchtest es, und zwar eine ganze Menge davon. Bei dem Gedanken schmunzelte die Rothaarige. „Ich hol dich um neun ab."

Sie warf sich in ihren Stuhl und fing an, am Computer zu arbeiten. Frankie drehte sich mit den Unterlagen in der Hand um und fragte sich beim Gehen, wie sie da nur hineingeraten war.

KAPITEL 8

Die Abendsonne färbte den leicht bewölkten Himmel in einer Mischung aus Orange und Rot. Lange Schatten wurden von den Menschen auf die Straße geworfen und die feuchtwarme Luft der städtischen Entsorgungsschächte stieg in dampfenden Schwaden aus den Kanalöffnungen.

Der brummende Motor des SUV war zu hören, als er am Straßenrand stand. Jamie beobachtete das Bild, das sich ihr bot. Obdachlose waren an den Hauseingängen in Gruppen verteilt, überall sah man Müllberge, Unrat, der seit Ewigkeiten nicht korrekt entsorgt wurde. Der Gestank des langsam vor sich hinrottenden Mülls und der ätzende Geruch von Urin drangen inzwischen über die eingeschaltete Lüftung in den Innenraum des Fahrzeugs. Noch einmal beobachtete sie die Straße, konnte jedoch nichts Verdächtiges erkennen.

Jamie drehte den Zündschlüssel zurück und das Motorengeräusch erstarb. Sie stieg aus und als sie die Fahrertür zuschlug, warf sie einen Blick auf die Spiegelungen in der Seitenscheibe, um zu sehen, was hinter ihr war. Sie hatte ihr gesamtes Umfeld so unauffällig wie möglich erfasst. Während sie die Straße entlangging, behielt sie alles im Auge. Niemand interessierte sich für sie.

Zu keiner Zeit durfte sie eine Situation unterschätzen, das hatte schon oft genug einen Kollegen das Leben gekostet. Es gab keine Routine, und die durfte es auch niemals geben. Ein Anfängerfehler schlich sich nach jahrelanger Arbeit schneller ein, als einem lieb war, und das konnte im schlimmsten Fall tödlich enden.

Sie stoppte vor einem Obdachlosen, der vor dem Eingang des Hauses saß, in das sie hineinwollte. Sie stand nun direkt vor ihm, mit dem Rücken zur Straße. Jamie wühlte in ihrer Hosentasche und holte einen zerknüllten Dollarschein heraus, den sie in den Pappbecher des Obdachlosen steckte. Während sie den Dollar in den Becher warf und sich dabei leicht vorbeugte, gingen ihre Augen kurz nach rechts. Nichts war zu sehen. Er bedankte sich und sie deutete ein bestätigendes Nicken an.

Sie ging an ihm vorbei und betrat das schäbige, heruntergekommene Haus. Die Briefkästen waren mit Graffiti beschmiert, von irgendwoher hörte sie einen Hund bellen. Ein Paar schrie sich in einem der höher liegenden Stockwerke im Streit an und Babygeschrei drang an ihr Ohr. Der Fahrstuhl war selbstverständlich kaputt. Wer würde denn schon Geld in dieses marode Gebäude investieren?

Sie nahm die Stufen, immer zwei auf einmal, bis in den zweiten Stock. Vor der Nummer 214 blieb sie neben der Tür stehen und ihre Nackenhaare stellten sich auf. Was würde da drinnen auf sie lauern? Die 13th-Street-Gang, würde Mouse diese oder doch Jamie verraten, hatte er sich verplappert? Hatte er ein besseres Angebot bekommen? Oder spielte er sogar ein doppeltes Spiel?

Mouse war stets zuverlässig gewesen, seine Informationen stimmten fast immer, es gab höchstens mal kleine Änderungen, von denen er vermutlich nichts wissen konnte. Er war zwar ein Informant, aber er war auch Junkie, das durfte sie niemals vergessen. Für ihn zählten nur das Geld und sein eigenes Leben.

Jamie hatte keine andere Wahl und klopfte mit der Faust laut und kräftig an die Tür. Mouse machte ihr auf. Er war nicht älter als Mitte zwanzig, sah aber eher aus wie Ende dreißig. Er grinste sie an und entblößte dabei seine fauligen

Zähne. Ein Schauer lief Jamie die Wirbelsäule entlang und nur mit größter Mühe konnte sie ein angewidertes Schütteln unterdrücken.

Er wies sie mit einer einladenden Handbewegung in die Wohnung, wobei ein Blick der Polizistin auf seine vergilbten Finger fiel, ein weiteres Zeugnis seiner Sucht.

Mouse ging voran und Jamie folgte ihm, blieb jedoch neben der Türöffnung stehen. Kein Polizist würde direkt vor einer Tür stehen bleiben, weil er ansonsten eine perfekte Zielscheibe abgab. Gerne wurde angeklopft, um fast im selben Moment die Eingangstür mit einem Kugelhagel zu durchsieben.

„Möchtest du etwas trinken? Ich habe es leider nicht geschafft, einkaufen zu gehen, irgendwie ist mir die Zeit abhandengekommen."

Im Drogenrausch hast du die Zeit verloren. Jamie mimte Verständnis durch ein angedeutetes Kopfnicken.

„Aber ein Glas Leitungswasser könnte ich meinem Lieblingsdetective anbieten. Setz dich doch und mach es dir bequem." Er war mit zwei langen Schritten in der Küche und suchte nach einem sauberen Glas. Er nahm eines in die Hand, hob es hoch, roch daran und rümpfte die Nase, während er das Glas wieder abstellte.

Jamie blickte sich um. Wohnzimmer und Küche waren nicht getrennt, dreckiges Geschirr stapelte sich und Fliegen schwirrten in der Küche umher. Sie war froh, dass zumindest die Fenster weit offen standen und ein bisschen frische Luft hereinließen. Sie wusste nicht, ob sie sich sonst nicht an Ort und Stelle übergeben hätte. Aufgefallen wäre es bestimmt nicht, so wie es hier aussah.

Durch ein Loch in der Wand waren die Kupferrohre sichtbar. Im Wohnzimmer stand eine Couch, deren Stoff an einigen Stellen zerrissen war, der Wohnzimmertisch starrte vor Dreck und zeigte, dass er oft für den Drogenkonsum missbraucht wurde; die Brandstellen sprachen eine deutliche Sprache. Die Tür zum Schlafzimmer war geschlossen. Der Lichtschein an der Unterkante zeigte keine Schatten, die sich bewegten. Es wäre zwar nur ein Indiz, doch in dieser Richtung war nichts zu erkennen.

Das ist soweit gecheckt.

Dort, wo sie jetzt stand, war die bestmögliche Position, was Sicherheit und Raumübersicht anging, und da würde sie auch bleiben.

„Lass gut sein, Mouse. Ich bin nicht hier, um ein langes Gespräch zu führen."

Mouse drehte sich in der Küche um, anscheinend hatte er gerade ein sauberes Glas gefunden, das er in der Hand hielt, und schaute sie fragend an.

„Komm schon, Mouse! Du weißt es ebenso gut, wie ich. Je länger ich hierbleibe, umso größer ist die Gefahr, dass man mich entdeckt. Irgendjemand sieht mich, während ich unten auf der Straße langgehe, oder noch ungünstiger, wenn ich aus deiner Tür rausspaziere."

Diese Zufälle gab es oft genug. Je mehr Zeit man mit einem Informanten verbrachte, umso gefährlicher wurde es.

Mouse dachte mit seinem drogenbeschädigten Gehirn nach und nickte. Jamie machte mit ihrem Kinn eine auffordernde Bewegung. „Also, gibt es was Neues?"

Mouse schüttelte den Kopf. „Nein, der Deal findet um dreiundzwanzig Uhr statt. Der Kleine war ganz aufgeregt, dass er das erste Mal dabei sein darf, und konnte sich beim Erzählen nicht zurückhalten. Er denkt, er gehört jetzt zu den ganz Großen."

Mouse zuckte mit den Schultern. „Aber du kennst das doch. Die eine Woche eine ganz große Nummer und die Woche darauf tot im Graben."

„Weißt du, wer der Lieferant ist?"

„Nein, der Kleine wusste es selbst nicht. Sonst hätte er bestimmt auch damit geprahlt."

Jamie ging schnell ein paar Schritte nach vorne, blieb direkt vor Mouse stehen und drang damit in seinen persönlichen Raum ein. Ihre dunkelbraunen Augen durchbohrten ihn und er wurde sichtlich nervös. Er brach den Augenkontakt ab und ließ seinen Blick schweifen, unruhig und ohne irgendein Ziel im Raum zu fixieren.

Jamie wünschte sich, sie müsste nicht so agieren. Sein Atem stank so sehr, dass sie am liebsten ein paar Schritte zurückgewichen wäre, aber das durfte sie in genau diesem Moment nicht tun. Sie musste Mouse deutlich zeigen, wer das Sagen hatte.

Leise, bedrohlich und bestimmend zugleich zischte sie: „Falls irgendetwas schiefläuft, Mouse, komme ich wieder und jage dir eine Kugel in deinen verdammten Schädel." Und es war ihr mehr als ernst damit. Zu viel hing jetzt von den Informationen des Junkies ab. So viele Menschen waren involviert, so viele Leben hingen vom Ausgang des morgigen Abends ab, und all dies lag in ihrer Zuständigkeit. Sie war verantwortlich für die Sicherheit aller Kollegen.

Schweißperlen sammelten sich auf seiner Stirn und Jamie wartete. Jede Reaktion von ihm würde ihn hier und jetzt verraten. Ihr Körper rührte sich nicht und ihr Blick blieb standhaft.

Nach einer gefühlten Ewigkeit blickten Mouses Augen in die von Jamie und er nickte.

Jamie drehte sich wortlos um, legte fünfzig Dollar auf den Wohnzimmertisch und ging aus der Tür. Es war Zeit, zu verschwinden, zu lange hatte die ganze Sache schon gedauert.

Zeit, ins Old Bill zu gehen.

KAPITEL 9

Coopers blaugraue Augen wanderten wieder zum Eingang des Old Bill, als sich die Tür öffnete. Jedes Mal, wenn die Tür aufging, hoffte er, dass Jamie durch dieselbe trat. Er wusste zwar, dass sie noch zu Mouse fuhr, doch fragte er sich allmählich, ob er sie nicht hätte begleiten sollen. Als er Jamie den Vorschlag gemachte hatte, winkte diese nur ab. Mouse war sehr eigensinnig und Coopers Anwesenheit hätte ihn noch zusätzlich nervös gemacht.

„Wo bleibt sie denn?"

Lewis lachte „Vielleicht ist sie ja vor dem Old Bill über eine Schönheit gestolpert, hat sie aufgerissen und hat jetzt etwas Besseres vor."

„Witzig, Lewis. Ich mach mir Sorgen."

„Hör zu, Cooper, Johnson ist vorsichtig. Es ist nur Mouse, okay? Das hatten wir schon hundertmal. Sie kann gut auf sich aufpassen." Lewis schaute ihn dabei mit ernster Miene an.

Travis Cooper wusste, dass Jamie auf sich aufpassen konnte. Es ging aber nicht nur um heute Abend. Er machte sich Sorgen, seitdem sie sich von Ruby getrennt hatte. Ihr ganzes Verhalten fing an, sich zu verändern.

Als die Beziehung von Jamie und Ruby anfing zu kriseln, hatte sie ihn oft um Rat gefragt. Er hörte ihr zu und gab ihr Ratschläge, soweit es ihm möglich war. Man sollte versuchen, offen zu sein und dem Partner Einblick zu gewähren, von der Arbeit erzählen und wie diese einen fertigmachen konnte.

Doch genau hierin bestand Jamies grundlegendes Problem, sie fühlte sich eben dazu nicht in der Lage. Sie konnte nicht und wollte nicht jedem alles erzählen.

Was damals geschehen war, war ihre Schuld, aber auch ihre Privatangelegenheit. Die schlimmen Erinnerungen kamen jedes Mal aufs Neue hoch, wenn sie von dem schicksalhaften Tag erzählte. Das brachte immer die gleichen, schrecklichen Gefühle zurück, der Schmerz war jedes Mal, wenn sie daran dachte, genauso stark, wie an dem Tag, an dem es passierte.

Der Schmerz wurde nicht weniger und förderte die lähmende Leere ihres Inneren zutage – und es dauerte jedes Mal seine Zeit, bis sie sich wieder in den Griff bekam, obwohl seit damals die Leere nie ganz verschwunden war.

Dass Ruby nicht mehr mit Jamies Arbeitszeiten zurechtkam, hatte ebenfalls eine große Rolle gespielt. Immer mehr meckerte sie, dass für Jamie die Arbeit vor allem anderen komme, sogar vor der eigenen Partnerschaft.

Ihm war auch klar, dass die Arbeit für Jamie das Wichtigste im Leben war. Jamies kleiner Bruder Tommy wurde mit zehn Jahren auf offener Straße erschossen, als er von der Schule kam. Und das nur, weil sich gegnerische Gangs bekämpften und er ins Kreuzfeuer geriet. Der Junge war damals zur falschen Zeit am falschen Ort gewesen.

Der Kampf gegen die Gangs wurde daraufhin zu Jamies Lebensinhalt.

Am Anfang, als sie Partner wurden, hatte sie unermüdlich gekämpft. Er wusste nicht, ob sie damit versuchte, gegen ihre eigenen Dämonen zu kämpfen. Gab sie sich die Schuld, oder hoffte sie tatsächlich, irgendwann den Mörder ihres kleinen Bruders zu finden?

Mit Ruby war sie zu Beginn ihrer Beziehung auf dem richtigen Weg gewesen. Cooper bezweifelte zwar, dass

Ruby auf Dauer die Richtige war, doch niemals hätte er Jamie das gesagt, da Ruby anfing, ihr gutzutun.

Mit der Zeit veränderte sich dann alles. Ruby begann zu streiten und Cooper schätzte sich glücklich, dass er eine verständnisvolle Frau gefunden hatte, die ihn liebte und es auch verstand, wenn er mitten in der Nacht los musste. Sie lebte mit der Tatsache, dass der Anruf, der ihn zu einem Tatort rief, in den unpassendsten Situationen kommen konnte. Er liebte seine Frau und sie liebte ihn.

Ruby jedoch konnte all das nicht nachvollziehen. Sie wollte, dass Jamie sich änderte, dass sie von der Straße runterkam und sich stattdessen im Innendienst hinter den Schreibtisch setzte.

Nächtelanges Streiten und die sich wiederholenden Vorwürfe an die Polizistin, ihren Job wichtiger zu nehmen als ihr Leben mit Ruby, waren der Anfang vom Ende. Aber für Jamie war die Verbrecherjagd eben der Dreh- und Angelpunkt ihres Lebens.

Cooper wollte ihr damals klarmachen, dass sie versuchen musste, Ruby an sich heranzulassen, ihr Einblick in ihren Job zu geben, damit sie verstand, warum Jamie so hart arbeitete. Doch das wollte Jamie nicht.

Er wusste nicht, ob es deswegen war, weil Jamie sich emotional nicht verletzten lassen wollte. Oder ob es an ihrem jahrelangen Training lag, sich auf der Gefühlsebene abzuschotten, und dies zur Selbstverständlichkeit wurde, einer Art Routine, die sie nicht ablegen konnte.

Nur sie und die Jungs aus ihrem Team wussten, was damals passiert war. Er wusste es, weil Jamie es ihm eines Abends auf der Terrasse vor seinem Haus anvertraut hatte. Er wusste es zu schätzen, dass sie sich ihm geöffnet hatte. Es war ein immenser Vertrauensbeweis in seine Richtung.

Lewis und Kennedy erfuhren es abends bei einem Bier im Old Bill, als sie alle ihre Geschichte preisgaben und erzählten, welches der ausschlaggebende Grund gewesen war, der sie zur Polizei brachte.

Jamie suchte am damaligen Abend mehrfach Hilfe suchend Coopers Blick. Nervös und schwankend, ob sie es den anderen verraten sollte, aber ihr Partner nickte ihr ermutigend zu und sie fing an zu reden.

Dieser Abend hatte sie zu einer Einheit gemacht.

Jeder erzählte damals seine ganz eigene, spezielle Geschichte, offenbarte seine Gründe, warum er zur Polizei gegangen war, und jeder hatte durch diesen Schritt das eigene Vertrauen in die Menschen, mit denen er zusammenarbeitete, unter Beweis gestellt.

Diese besonderen Stunden im Old Bill hatten sie zusammengeschweißt. Nur sie vier untereinander kannten die Beweggründe der jeweils anderen.

Jedem war klar, dass dieses preisgegebene Wissen nahezu heilig war – und keiner würde es ungefragt weitererzählen.

Die Tür ging wieder auf und Cooper schaute erwartungsvoll hinüber. Erneut wurde er enttäuscht, als eine kleine Rothaarige und eine große Blonde das Old Bill betraten. Er musste grinsen, der Blonden sah man an, dass sie sich fehl am Platze fühlte.

Lewis und Kennedy waren in ein Gespräch vertieft, doch als Lewis die Blondine sah, hatte sie augenblicklich seine volle Aufmerksamkeit.

Cooper musste erneut grinsen, denn dieses Verhalten kannte er auch von Jamie. Erst hatte man ihre ganze Zuwendung, doch wenn sie jemanden sah, der ihr gefiel, stand man unverhofft in Warteposition. Lewis und Jamie waren sich in gewissen Zügen ähnlich.

So sehr der ältere Cop auch lächeln musste, es war nicht das, was er sich für Jamie wünschte. Nach dem Beziehungs-Aus mit Ruby veränderte sich Jamie komplett. Sie stürzte sich in von einem One-Night-Stand in den nächsten, arbeitete länger als vorher und kam sogar mit einem Kater zur Arbeit, wenn sie den Abend zuvor zu tief ins Glas geschaut hatte.

Er wusste, dass es nicht am Bruch mit Ruby lag, sondern dass Jamie sich selbst etwas beweisen wollte. Dass sie der Meinung war, niemanden zu brauchen, dass es ein Fehler wäre, jemanden an sich heranzulassen. Sie hatte eine Mission und wäre fast davon abgekommen.

Sie arbeitete so hart, dass er Angst hatte, dass sie ausbrannte und am Ende nur noch eine leere Hülle von ihr übrig blieb. Was würde mit ihr passieren, wenn sie aufgeben würde? Ein Fall wurde abgeschlossen und schon lagen dafür zwei neue auf dem Schreibtisch. Was wäre, wenn sie es irgendwann als sinnlos einstufen würde? Zu oft hatte er das schon bei anderen Kollegen erlebt.

Noch ist Arbeit alles für sie, ist ihr Job ihr Leben, aber was kommt danach? Cooper hing seinen Gedanken nach.

Was wäre, wenn sie den Täter, der ihren Bruder erschossen hatte, wirklich fand? So sehr er es auch bezweifelte, nach all der langen Zeit, es machte ihn unruhig.

Dann hätte sich das erfüllt, worauf sie all die Jahre hingearbeitet hatte, und dann? Ein kalter Schauer durchlief ihn. Er musste einen Weg finden, Jamie zu zeigen, dass es auch etwas nach der Arbeit gab, etwas, für das es sich zu leben lohnte.

„Was ist denn mit dir los?“ Die fragende Stimme riss ihn aus seinen Gedanken.

Jetzt musste Cooper lachen, den ganzen Abend ließ er die Tür nicht aus den Augen, und nun stand sie direkt vor ihm, mit einem Bier in der Hand.

Jamie schaute ihn forschend an und setzte sich auf einen Stuhl. Er schaute fragend auf ihre nassen Haare.

„Nachdem ich bei Mouse war, brauchte ich erst einmal eine Dusche.“ Sie schüttelte sich vor Ekel und nahm einen Schluck aus ihrer Flasche.

„Johnson!“ Lewis schlug ihr auf die Schulter, sie verschluckte sich am Bier und funkelte ihn böse an.

„Ich hab da schon eine Idee“, seine Augenbrauen bewegten sich mehrmals hoch und runter. „Was wir beide heute Abend machen könnten.“

Jamie funkelte ihn immer noch böse an, Schaum lief aus ihrer Flasche, und als er ihr auf die Schulter schlug, schwappte die Hälfte ihres angesetzten Schlucks auf ihr T-Shirt.

Lewis nahm dieses Missgeschick nicht wahr, er wollte sich heute Abend mit Jamie in spielerischem Wettstreit messen, und er wusste auch schon wie. Ihr Wettkampf untereinander war noch nicht beendet. Er zeigte ihr mit einer Kopfbewegung, wen er meinte.

Jamie schaute in die Richtung und sah am anderen Ende des Raumes zwei Frauen, die sich miteinander unterhielten. Sie wusste, worauf er hinauswollte, aber heute Abend hatte sie keine Lust auf dieses Spiel. Er konnte die Blondine haben, wenn er wollte. Sie war nicht in Stimmung.

KAPITEL 10

Die Dunkelheit des Abends hatte das Old Bill von außen wie eine alte, versteckte Kneipe erscheinen lassen, die ihre besten Zeiten bereits hinter sich hatte, als Kim und Frankie sich ihr näherten. Nur ein kleines Bullauge ließ gedämpftes Licht nach außen dringen. Die Fenster waren aus Milchglas und das Flackern der Kerzen auf den Tischen ließ ein Schattenspiel der im Inneren vorbeigehenden Personen an den Fenstern tanzen.

Frankie und Kim waren vor dem Old Bill gestanden, doch bevor sie hineingingen, war Frankie stehen geblieben.

Dunkles Holz mit Messingbeschlägen ließ die Eingangstür schwer aussehen. Diese Tür trennte Kim und Frankie von den Geräuschen, die gedämpft nach außen drangen, von denen Frankie sich aber gut vorstellen konnte, dass es dort drinnen ziemlich laut sein würde, dieser Gedanke hatte sie zögern lassen.

„Komm schon, lass dich nicht an den Haaren hineinziehen."

„Ich weiß nicht, Kim. Der Laden sagt mir überhaupt nicht zu", erwiderte Frankie zweifelnd.

„Das kannst du erst sagen, wenn du drin warst und ihn dir zumindest angeschaut hast." Kim zog sie am Arm und Frankie ließ sich trotz ihres Unbehagens mitziehen.

Frankie hatte sich nicht geirrt. Das Erste, was ihr negativ auffiel, war das störende Knallen von Billardkugeln. Laute, kräftige Stimmen waren zu hören, und als sie sich umblickte, hatte sie überwiegend männliche Gäste erkannt. Man sah gleich, dass es eine Cop-Kneipe war.

Dem Eingang gegenüber befand sich der Tresen, rechts neben dem Tresen entdeckte Frankie die Billardtische, von denen die durchs Spielen verursachten Knallgeräusche in dem Raum drangen. Vor den Billardtischen gab es eckige Tische, eine kleine Sitzbank, die direkt an der Wand befestigt war. Hinter den mit grünem Stoff bezogenen Spieltischen konnte Darts gespielt werden.

Kim deutete gleich auf den hinteren Bereich des Raumes, wo sie die freie Sitzbank sah.

Als sich Frankie hinsetzte, blieb Kim stehen.

„Ich hole uns erst einmal was zu trinken." Sie drehte sich um und verschwand zwischen den anderen Gästen.

Frankie beobachtete das Geschehen in der Bar. Obwohl es laut und unruhig war, fühlte sie sich merkwürdigerweise sicher hier. Sie dachte, dass es wahrscheinlich daran lag, dass es eine Kneipe war, die überwiegend von Cops besucht wurde, und die auch heute Abend deutlich präsent waren. Die Menschen lachten viel, redeten laut und klopften sich gegenseitig auf die Schultern, während sie offenbar Erlebnisse aus ihrem Polizeialltag austauschten.

Naja, der Dunkelhaarigen gefällt es hier wohl auch nicht.

Frankie musste grinsen, als sie sah, wie das Bier überschwappte und die Frau, die sie gerade beobachtete, einen blonden Mann böse anschaute, der ihr kurz zuvor auf die Schulter geklapst hatte und somit schuld an ihrem bekleckerten Shirt war. Das Grinsen blieb ihr im Hals stecken und sie hielt die Luft an, als die Dunkelhaarige ihr direkt in die Augen schaute.

Der Blick der Frau war noch immer wütend, als sich ihre Blicke trafen. Ein kribbeliges Schaudern lief Frankies Wirbelsäule entlang.

Leidenschaftlich, war der erste Gedanke, der Frankie durch den Kopf schoss, als sie in diese Augen sah.

Kim stellte sich in Frankies Blickfeld, unterbrach hierdurch deren Augenkontakt zu der Unbekannten und stellte ihr ein Glas Rotwein hin. Frankie lehnte sich nach rechts, aber sie hatte die Aufmerksamkeit der anderen Frau nicht mehr, sie unterhielt sich mit einem älteren Mann.

Frankie wollte erst dagegen angehen, dass Kim ihr ein Glas Wein besorgt hatte, aber dann fiel ihr ein, weshalb Kim mit ihr etwas trinken gehen wollte.

„Also noch mal von vorne. Was ist passiert?“, fing Kim auch schon an.

„Lucy hat mich verlassen.“ Frankie blickte auf ihr Weinglas und nahm dann einen tiefen Schluck.

Kim beobachtete sie und kam zu dem Entschluss, dass sie nicht darauf warten würde, dass Frankie sich ihr anvertraute, dieses Mal würde sie sie drängen, ihr zu erzählen, was genau passiert war.

Die rothaarige Krankenschwester verschränkte die Arme vor der Brust und ließ sich mit dem Rücken gegen die Sitzbank fallen. Sie starrte Frankie an, doch deren Augen wanderten durch die Bar.

Oh Mann, Kim, guck mich nicht so an! Frankie versuchte, durch ihren schweifenden Blick Zeit zu gewinnen, und vermied weiterhin den Augenkontakt zu ihrer Freundin. Sie wollte hier weg.

„Und das passierte schon letzte Woche.“ Es war keine Frage, sondern eine Feststellung, die Kim mit einer hochgezogenen Augenbraue zu untermauern suchte.

„Jepp“, war die einfache Antwort.

Diese Einsilbigkeit wurde Kim nun doch zu viel. „Frankie, ich bin deine beste Freundin und du erzählst mir das nicht! Was denkst du, wie ich mir da vorkomme? Vertraust du mir nicht?“

Innerlich triumphierte Kim, denn Frankie Schuldgefühle einzureden, hatte diese schon immer dazu gebracht, zu erzählen, was mit ihr los war. Oft hatte sie diese Taktik bisher nicht angewandt, es war insgesamt ganze zwei Mal.

Sie griff nur im äußersten Notfall zu diesem Mittel, wenn sie merkte, dass etwas mit Frankie nicht stimmte und sie ihr gegenüber dichtmachte, wie Kim es nannte.

„Wie gesagt, sie hat mich letzte Woche verlassen.“ Frankie drehte ihr Weinglas in der Hand und schaute sich die Wellen des Rotweins an, die sich durch die Drehung bildeten, während sie kurz in ihrer Schilderung stoppte.

„Naja, weißt du, was das Komische an der Sache ist?“

Kim sagte kein Wort, sie ließ Frankie ihren Monolog fortführen.

„Es hat mich noch nicht einmal gestört. Ich meine, als sie die Tür hinter sich ins Schloss zog, war ich seltsamerweise erleichtert!“ Frankie schaute Kim jetzt traurig in die Augen. „Was sagt das bitte über mich aus?“

Kim nahm Frankies Hand in ihre.

„Dass sie nicht die Richtige war.“ Sie drückte leicht ihre Hand.

„Was hat sie denn gesagt, warum sie sich von dir trennt?“

Frankie schnaufte und stieß dabei die Luft aus.

„Du kannst es dir aussuchen. Sie hat mehrere Sachen genannt. Dass mir meine Arbeit wichtiger sei als sie. Dass ich mich ständig verschließen würde. Dass sie kaum etwas von mir wisse. Und jetzt kommt das Beste – ich sei ein emotionaler Krüppel. Das Übliche halt, nichts Neues.“ Frankie versuchte es mit einem Lächeln und ließ die Schulter einmal hoch und runter gehen. Aber Kim sah die Traurigkeit in ihren Augen.

„Hör zu, Frankie, wenn Lucy so einfach gehen konnte, ohne irgendetwas für die Beziehung zu tun, dann sei froh. Eine Beziehung ist auch immer mit Arbeit verbunden, mit Bemühungen und Kompromissen beider Seiten. Ich glaube, dass sie nicht arbeiten wollte, sondern alles als selbstverständlich betrachtet hat.“

„Ich dachte wirklich, sie sei die Richtige.“

„Ach komm. Ich bitte dich, tief im Inneren wusstest du es, das das nicht stimmt."

Kim sah sie durchdringend an.

„Frankie, du hast ihr nichts von deiner Vergangenheit erzählt, weil du wusstest, dass sie es nicht ist."

Frankie wusste, dass Kim recht hatte. Sie hatte nie das Bedürfnis gehabt, Lucy etwas von sich zu erzählen, noch nicht einmal ansatzweise. Sie achtete darauf, und jedes Mal, wenn das Thema Familie angesprochen wurde, schaffte sie es, diesem irgendwie auszuweichen, und wenn das nicht ging, half immer Sex als Ablenkung. Bis beides nicht mehr funktionierte und Lucy den Koffer gepackt hatte.

„Du wirst schon noch die richtige Frau finden."

„Und wenn ich das gar nicht will?"

„Doch, du willst, ich kann es in deinen Augen sehen."

„Was man will und was man verdient hat, sind zwei unterschiedliche Paar Schuhe."

Kims Augen funkelten wieder böse.

„Also manchmal stehe ich echt so kurz davor", sie deutete mit Zeigefinger und Daumen einen ganz kleinen Abstand an, „dich zu schlagen."

Frankie musste lachen und hob, in einer sich ergebenden Geste, beide Hände.

„Okay, okay. Lass uns darüber nicht mehr reden. In nächster Zeit werde ich erst einmal die Finger von den Frauen lassen. Jetzt lass uns schnell austrinken, damit du zu Beverly kommst. Und ich umso schneller ins Bett, denn ich bin müde und morgen fängt mein Vierundzwanzigstundendienst an."

Frankie wollte nicht, dass Kim merkte, dass sie über etwas anderes sprachen, als über das, was sie wirklich bedrückte.

Glück gehabt, schoss es ihr durch den Kopf, denn sie wollte nicht über ihr Gefühlschaos sprechen.

Allerdings ahnte Frankie nicht, dass Kim ihr auf die Schliche gekommen war und sie durchschaute.

Wenn du glaubst, Frankie, dass du damit durchkommst, dann lass ich dich in dem Glauben. Meine Zeit kommt noch. Ich weiß, dass das nicht alles ist, was dir quer hängt. Nächstes Mal kommst du mir nicht so leicht davon.

Das Thema Lucy war abgehakt, jetzt hatte sie keine Ausweichmöglichkeiten mehr, und Kim würde nicht lockerlassen.

KAPITEL 11

„Auf morgen, dass wir alle wohlbehalten nach Hause kommen.“ Kennedy hob sein Bier und alle anderen stießen mit an.

Nachdem sie sich zugeprostet hatten, fragte Kennedy ernst: „Und, Johnson, hat sich der Plan für morgen verändert?“

Jamie schaute in die Runde und nahm noch einen Schluck aus ihrer Flasche.

„Nein, es bleibt bis jetzt alles so, wie wir es geplant haben.“

Und sie hoffte inständig, dass es auch bis morgen so bleiben würde.

Auf jede Veränderung müssten sie reagieren. Veränderungen wirkten sich oft genug negativ aus. Es gab immer unkontrollierbare Risiken, bei jedem Undercovereinsatz„ aber wenn plötzliche Planänderungen alles über den Haufen warfen und man darauf nicht zeitnah reagieren und Abläufe umstellen konnte, bestand die Gefahr, dass Chaos ausbrach, oder noch schlimmer, dass jemand sein Leben verlor.

Cooper sah Jamie an. „Johnson, wir vertrauen dir.“

Na toll, dachte sie, *noch mehr Druck geht wohl nicht.*

Mit Travis‘ Frau und den Kennedys, waren es zwei Familien, die darauf bauten, dass Jamie ihnen ihre Männer und den Vater unbeschadet zurückbrachte. Dazu noch

Kevin und dreißig weitere Polizisten, die alle den nächsten Morgen erleben wollten.

Auf einmal schmeckte das Bier schal und bitter, weswegen die Ermittlerin angewidert das Gesicht verzog und das Getränk entnervt zur Seite stellte.

Cooper beobachtete sie und wusste, dass sie sich zu viel von der Verantwortung auf ihre Schultern lud.

„Es gibt Dinge, die man tun muss und auf deren Ausgang wir keinen Einfluss haben. Genau das hat mich meine bisherige Laufbahn gelehrt, und auch du solltest inzwischen so viel Erfahrung haben, dass dir dies klar ist."

Jamies Gesicht schien noch ein wenig ernster zu werden. Auch ihr Kollege Kennedy bemerkte ihre veränderte Haltung und mischte sich ein: „Ich bin zur Boston Police gegangen, um etwas zu verändern, um meinen ungeborenen Kindern eine bessere Zukunft zu geben. Ich kenne das Risiko, und morgen kommen wir dem Ganzen ein Stück näher, meinen Kindern zu einer besseren Zukunft zu verhelfen, weil wir einen weiteren kleinen Grundstein für die Sicherheit von uns allen legen können."

Es herrschte Stille am Tisch, jeder hing seinen Gedanken nach, war in Grübeleien vertieft und gedachte dabei der Gefahren, die sie alle morgen nicht unterschätzen durften.

Lewis war der Erste, der das Wort wieder ergriff: „Ich bin zur Boston Police gegangen, weil Frauen auf Uniformen stehen." Mit einem breiten Grinsen und wackelnden Augenbrauen riss er alle aus der Melancholie und ein Lachen machte die Runde.

Jamie erhob sich. „So Jungs, ich mach Schluss für heute."

Ein paar bedauernde Ohs folgten daraufhin, was der Einsatzleiterin ein Lächeln entlockte, doch sie schüttelte in einer deutlichen Geste den Kopf.

„Komm schon, Johnson, ich dachte, heute Abend spielen wir wieder. Ich weiß, noch liegst du vorne, aber heute kann ich ausgleichen, ich habe das im Gefühl. Dann hätten wir Gleichstand."

„Lewis, heute Abend ist mir einfach nicht danach." Mehr wollte sie nicht dazu sagen.

Sie drehte sich um, ging an die Bar und bestellte noch eine Runde für ihre Jungs. Sie stellte die drei Bierflaschen auf den Tisch.

„Die gehen auf mich, als Entschädigung."

Sie klopfte mit den Fingerknöcheln zur Verabschiedung auf den Holztisch, drehte sich um und verließ die Bar.

Cooper war irritiert und zog kritisch die Augenbrauen zusammen. Es war das erste Mal, dass Jamie auf diese Weise die Truppe an einem solchen Abend verließ. Einem Abend, wie sie ihn immer vor Sondereinsätzen gemeinsam begingen, den sie wie ein Ritual zelebrierten, als sei es der letzte, den sie zusammen verlebten.

Ein Gedanke schlich sich in seinen Kopf: *Es ist kein gutes Zeichen, ein vertrautes Ritual zu brechen!* Er atmete tief durch und schob diese beunruhigende Eingebung beiseite.

KAPITEL 12

Die Wohnung war kalt und leer, was für Jamies Gemütszustand nicht eben förderlich war. Sie ging geradewegs in die Küche und holte sich ein kaltes Bier aus dem Kühlschrank.

Mit Schwung warf sie sich aufs Sofa, streifte die Schuhe ab und ließ sie dort liegen, wo sie landeten.

Ihre Gedanken kreisten um den morgigen Tag. Sie betete inständig, dass alles nach Plan verlaufen würde. Sie war die Einsatzleiterin und sie trug die Verantwortung. *Bin ich mir der Verantwortung bewusst? Oh ja, mehr als mir lieb ist. Alle zählen auf mich.*

„Oh, Tommy. Warum hab ich damals nicht auf dich aufgepasst?"

Die Erinnerung an ihren kleinen Bruder ließ Tränen über ihre Wangen laufen. Sie gab sich die Schuld an seinem Tod, und egal wie oft sie jemanden verhaftete, nie würde sie ihre Schuld dadurch sühnen können.

Sie musste sich beruhigen, sich notfalls zwingen, diese Gedanken loszuwerden. Sie durfte sich von ihren Schuldgefühlen nicht ablenken lassen, schon gar nicht morgen, wenn so vieles von ihren Anweisungen abhing. Sie musste die Kontrolle über ihre Gedanken wiedererlangen, sich zu einhundert Prozent auf den Einsatz konzentrieren, andernfalls könnte das schlimmste Folgen haben – und das wäre unverzeihlich!

Sie begann sich zu ärgern, dass sie niemanden mit nach Hause genommen hatte. Dann wäre sie jetzt abgelenkt und würde nicht deprimiert auf dem Sofa sitzen.

Bin ich jemals in der Lage loszulassen? Kann ich die Schuld akzeptieren und mein Leben weiterleben? Hätte ich dann jemanden, der mich glücklich macht? Wird es das jemals für mich geben – kann ich einfach irgendwann nach Hause kommen und das Geschehene vergessen?

Wie sehr sie in dieser Sekunde Cooper und Kennedy beneidete! Sie hatten ein Leben neben der Arbeit, etwas worauf sie sich freuen konnten und das ihnen dabei half abzuschalten.

Ihre Gedanken nahmen Fahrt auf, fingen an zu rotieren und sorgten für inneres Chaos.

Würde sie jemand so nehmen, wie sie war, und ihr einen Teil der Last abnehmen?

Nein, zu groß war ihre Schuld - und wenn morgen jemandem etwas zustieße, dann käme noch eine weitere Schuld dazu.

Verzweifelt fuhr sie sich durch die Haare. *Wann hört das jemals auf?*

„Du brauchst einen klaren Kopf für morgen“, murmelte sie zu sich selbst. Sie schüttelte ihren Kopf in der Hoffnung, dass das helfen würde.

Sie musste morgen ganz bei der Sache sein, jeder unnütze Gedanke würde ihre Konzentration schwächen und unverzeihliche Fehler könnten entstehen.

Das Klingeln des Telefons riss sie aus ihren Gedanken und ließ sie auf dem Sofa zusammenschrecken. Schnell stand sie auf und durchquerte mit wenigen Schritten den Raum. Sie nahm das Telefon in die Hand, und als sie auf das Display schaute, musste sie unwillkürlich lächeln. Sie drückte auf die grüne Taste und hob das Telefon ans Ohr.

„Hey, Mom."

„Hallo Schatz. Wie war dein Tag?"

„Mmh. Gut!" Was sollte sie sonst ihrer Mutter sagen? Sie wollte nicht, dass sie sich Sorgen machte.

„Hast du viel zu tun?"

„Es geht."

„Aha."

„Mom! Was soll das ‚Aha' bitte bedeuten?"

Schweigen herrschte am anderen Ende der Leitung.

„Komm schon, Mom, was ist los?"

„Naja, ich fragte mich halt nur, ob du so viel zu tun hast, dass du deine Mutter kein einziges Mal anrufen konntest."

Super, das fehlte mir noch. Da komm ich niemals raus.

„Es tut mir leid. Aber ich wollte dich dieses Wochenende besuchen kommen."

„Na, was für ein Zufall." Der Sarkasmus in der Stimme ihrer Mutter war nicht zu überhören.

Jamie rollte mit den Augen und ging ins Schlafzimmer. Sie war müde und wollte diese immer wiederkehrende Diskussion so schnell wie möglich abwürgen.

„Nein, wirklich Mom, das wollte ich." Sie klemmte sich das Telefon zwischen Schulter und Ohr und fing an, so gut wie es eben ging, sich ihrer Kleidung zu entledigen.

„Ich glaub dir ja. Bringst du jemanden mit?"

„Wen sollte ich denn mitbringen?"

„Ja, woher soll ich das denn wissen? Madame redet ja nicht mit mir darüber."

„Ich bringe niemanden mit, Mom. Ich möchte viel lieber Zeit mit dir verbringen." Ein bisschen Schmeicheln hatte noch nie geschadet, um ihre Mutter zu beruhigen.

„Was raschelt denn da die ganze Zeit?"

„Ich mach mich bettfertig, Mom. Ich habe morgen einen anstrengenden Tag und möchte ausgeruht sein." Jamie hatte die Hoffnung, dass sie durch diese eingestreute Information das Telefonat schneller beenden konnte.

Schon wieder herrschte Schweigen am anderen Ende der Leitung. Das ganze Gespräch missfiel ihr immer mehr. Was wollte ihre Mutter bloß von ihr?

„Die Nichte von Miss Jeffersons kommt am Wochenende zu Besuch."

„Aha." Nachdem Jamie die Hose ausgezogen hatte, legte sie den Hörer beiseite, um schnell ihr T-Shirt über den Kopf zu ziehen.

„‚Aha' mich nicht, Fräulein. Ich dachte, ich könnte sie einladen, damit ihr euch kennenlernt. Ihr mögt euch bestimmt, immerhin ist sie auch eine Lesbe."

„Nur weil sie auch eine Lesbe ist, heißt es nicht, dass wir uns automatisch mögen."

„Ja, aber ihr habt doch schon eine Sache gemeinsam."

Jamie rollte erneut mit den Augen, immer wieder führte sie mit ihrer Mutter dieselbe Diskussion und sie konnte sich eine flapsige Bemerkung nicht verkneifen: „So wie Millionen andere Frauen."

„Jamie, mach es mir doch nicht so schwer. Ich möchte nur, dass du glücklich bist und jemanden kennenlernst, mit dem du deine Zukunft verbringen möchtest."

„Und genau über das Thema möchte ich nicht mit dir reden. Ich bin glücklich. So glücklich, wie noch nie!" Jamie versuchte, den sarkastischen Tonfall ihrer Mutter zu imitieren.

„Jamie Dolores Johnson, sei nicht so ein verdammter Sturkopf wie dein Vater! Ich werde sie einladen!"

Jamie sprang vom Bett auf.

„Mom!" der begleitende Unterton dieses Ausrufs war pure Verzweiflung. Sie hoffte, sie könnte ihre Mutter in ihrem Verkupplungswahn stoppen und schob daher ein nachdrückliches „Das wirst Du nicht tun!" hinterher.

„Wir sehen uns am Sonntag um drei Uhr, und sei pünktlich."

Jamie wollte etwas erwidern, doch ihre Mutter hatte das Gespräch beendet.

Sie schaute ungläubig auf das Telefon und murmelte: „Wer ist hier der Sturkopf?"

Frustriert warf sie sich auf das Bett und versuchte, ein bisschen Schlaf zu finden.

KAPITEL 13

Die Morgensonne strahlte durch die Jalousien in das Besprechungszimmer. Die Luft war stickig und die Anspannung, die im Raum herrschte, war fast greifbar.

Das Besprechungszimmer im Boston Police Department war brechend voll. Kein einziger Ton war zu hören. Alle Augen richteten sich auf Jamie. Man konnte spüren, wie angespannt jeder war. Immer wieder sah Jamie, wie die vorbeigehenden Detectives einen Blick durch die Tür warfen, immer erkannte sie den fragenden Ernst, der darin lag. Selbst außerhalb des Besprechungssaales herrschte eine angespannte Stimmung.

Cooper stand neben Jamie, und als sie ihn ansah, nickte er ihr beruhigend zu. Er ahnte, wie sie sich fühlte.

„Okay, Leute, ihr wisst alle, warum ihr hier seid. Aus zuverlässiger Quelle wissen wir, dass die 13th-Street-Gang heute Nacht eine Lieferung von fünfzig AK-47 bekommt. Den Lieferanten kennen wir bisher noch nicht."

Jamie ging an den Computer, der mit einem Beamer verbunden war, und rief in der entsprechenden Datei ein Foto auf. Sie deutete auf die Satellitenaufnahme, die nun auf der Leinwand zu sehen war, und alle im Zimmer wandten sich dem Bild zu.

„Die Übergabe erfolgt heute Abend um dreiundzwanzig Uhr in diesem Lagerhaus." Jamie trat an die Leinwand und deutete mit einem Laserpointer auf ein Gebäude, das mit einem großen, roten Kreis gekennzeichnet war.

„Das SWAT-Team wird schon um zwanzig Uhr Stellung beziehen und uns über jeden Schritt informieren. Wir gehen davon aus, dass zwei Mitglieder der 13th-Street-Gang den Außenbereich sichern und zwei Männer vom Lieferanten die andere Seite überwachen. SWAT wird die Außenposten still und leise eliminieren."

Jamie wechselte das Bild und der Grundriss des Lagerhauses erschien.

„Wir haben drei Ein- und Ausgänge. Je ein Tor an der Nord- und Südseite. Ein dritter Zugang befindet sich östlich, eine Seitentür." Jamie zeigte mit dem Laserpointer auf die jeweils genannten Eingänge.

„Team Alpha wird auf dem Dach Stellung beziehen und von dort zugreifen. Team Bravo", Jamie hob leicht die Stimme, während sie das Bravo-Team erwähnte und schaute zu Cooper, Lewis, Kennedy und zwei weiteren Kollegen: „Ihr werdet den Seiteneingang übernehmen."

Jamie war anfangs nicht dafür, dass ihr Team mit ihr zusammen die Seitentür überwachte. Es war zu unübersichtlich, die drei Meter hohen, vollgestopften Regale bildeten praktisch ein Labyrinth, durch das sie sich durchkämpfen mussten.

Bei der Vorbesprechung war Kennedy der Erste gewesen, der sich weigerte, sie alleine gehen zu lassen. Sie seien ein Team und sie würden auch als solches agieren. Wer sollte ihr sonst Rückendeckung geben? Sie konnte Kennedys Argumente nicht widerlegen, also gab sie sich geschlagen und stimmte widerwillig zu.

Jamie setzte ihr Briefing fort, erläuterte geplante Vorgehensweisen und gab Informationen an jedes Team, wann es sich wo einzufinden hatte.

„Es darf uns keiner entkommen. Das Lagerhaus liegt zwischen den Bahngleisen und dem Southeast Expressway.

Ich muss euch sicherlich gar nicht erst sagen, wie schwer die Verfolgung wird, wenn einer entkommt."

Jamie blickte mit ernster Miene in die Gesichter. „Es muss schnell und sauber laufen. Keiner darf auch nur den Hauch einer Chance haben, an die Waffen zu gelangen, geschweige denn, diese zu laden. Die Munition ist vermutlich in greifbarer Nähe. Sie haben nichts zu verlieren. Ich muss euch nicht sagen, wie gefährlich und unberechenbar solche Menschen sind, wenn sie sich in die Enge getrieben fühlen."

Alle Beteiligten nickten.

„Gut, hat irgendjemand Fragen?"

Es wurden einige Fragen gestellt, die Jamie als Teamleiterin gewissenhaft beantwortete. Jeder im Raum wusste, dass auf sie Verlass war, und keiner zweifelte an ihrer Taktik. Später folgten Fragen an McKenzie den Leiter des SWAT-Teams. Er stand Jamie in seiner Kompetenz in nichts nach. Es sah nach einer guten Zusammenarbeit beider Teams aus, und das Gefühl beruhigte ein wenig.

Jamie beendete die Besprechung, und als alle den Raum verließen und sie schließlich mit Cooper alleine war, klopfte er ihr auf die Schulter.

„Das wird schon, Jamie."

Sie fuhr sich durch die Haare und atmete tief durch.

„Gott, ich hoffe es doch. Wenn jemand zu Schaden kommt, dann …"

„Jeder weiß, wie gefährlich das ist, und wenn etwas passiert, ist es nicht deine Schuld."

Jamie nickte bestätigend, doch im Inneren wusste sie, wenn jemandem etwas zustoßen würde, gäbe sie sich die Schuld.

KAPITEL 14

„Sauber“, war das erste Wort, das Jamie in ihrem Ohrstöpsel hörte. Es war McKenzie vom SWAT-Team, dessen Stimme sie vernahm. Die Wachposten waren beseitigt und der Zeitpunkt des Zugriffs kam immer näher.

Jamie stand mit ihrem Team mehrere Hundert Meter vom Einsatzort entfernt. Versteckt in der Dunkelheit. Nervosität stieg in ihr auf und sie wischte die feuchten Handflächen an ihrer schwarzen Jeans ab.

Jamie drückte den Knopf am Hals, das Mikrofon war direkt dort befestigt. „Team Alpha?“

„Zwölf Objekte in der Lagerhalle. Sechs eindeutige Zugehörigkeit zur 13th-Street-Gang. Weitere sechs nicht identifiziert“, kam die Antwort.

Jamie wurde über die genauen Standorte der Männer, die sich innerhalb der Lagerhalle aufhielten, informiert.

„Alle bereit machen und auf Position.“

Jedes Team bezog die Stellung, die ihm bei der Vorbesprechung zugewiesen worden war, und wartete auf das Kommando für den Zugriff. Wie in solchen Situationen angeordnet, herrschte nun absolute Funkstille. Es waren nur noch Minuten bis zum Zugriff. Jamie kontrollierte Coopers Weste, er daraufhin ihre, Kennedy und Lewis taten es ihnen gleich. Die Polizistin blickte noch einmal in die Runde und jeder nickte ihr bestätigend zu.

Mit leisen, aber dennoch schnellen Schritten begaben sie sich zur Lagerhalle. Die Bewegungsmuster waren automatisiert, durch Hunderte Trainingsläufe in Fleisch und Blut übergegangen. Jeder von ihnen hatte sein HK G36 Schnellfeuergewehr entsichert, hielt mit beiden Händen Griff und Lauf fest umschlossen, die Mündungen waren auf den Boden gerichtet. Wie auf der Academy gelernt, lag der Zeigefinger eines jeden Einzelnen nun ausgestreckt oberhalb des Abzugs am Lauf, Vorsicht war oberstes Gebot. Schon zu häufig hatten Schreckmomente dazu geführt, dass Schüsse unbeabsichtigt abgefeuert wurden.

Als Jamie die Seitentür erreichte, überprüfte sie diese. Es gab keine Möglichkeit, diese Tür leise und ohne Gewalteinwirkung zu öffnen. Sie gab den anderen aus der Gruppe Handzeichen und bedeutete, dass zwei von ihnen vor der Tür Stellung beziehen sollten. Dem Rest deutete sie an, ihr zum Haupteingang zu folgen. Laut Gebäudeplan war der Weg über den Haupteingang der schnellste, um die Tür von innen zu öffnen, zu sichern und somit zu gewährleisten, dass es von innen keine bösen Überraschungen gab.

Jamie stand mit ihrem Team in sicherer Entfernung zum Haupteingang. Die andere Gruppe hatte direkt auf der gegenüberliegenden Seite Posten bezogen.

Sie versuchte, ihre Atmung unter Kontrolle zu bringen, deren Frequenz sich durch das Adrenalin, welches ihren Körper inzwischen überflutete, massiv erhöht hatte.

„Alle bereit machen“, flüsterte sie.

Ein Team nach dem anderen bestätigte.

Es waren stets die lautlosen Minuten vor dem Zugriff, die sie in ein Gefühl der Schwebe brachten. Das Einzige, was sie hörte und fühlte, war der schnelle Rhythmus ihres Herzens, das gegen ihre Brust trommelte.

Sie blickte noch einmal zu Cooper, sein Blick war ernst und konzentriert. Sie spürte, wie sie sich dadurch beruhigte.

„Übergabe erfolgreich.“ Summte es in ihrem Ohr.

Es kam ihr vor wie eine Ewigkeit, als sie kurz die Augen schloss und wusste, dass der Moment jetzt kam. Sie öffnete die Augen wieder.

„Zugriff!“ Klar und deutlich erreichte der eindeutige Befehl alle Beteiligten über Funk und eine Art geordnetes Durcheinander bahnte sich seinen Weg.

Vor ihren Augen lief alles wie in Zeitlupe ab. Die Tür wurde einen Spalt weit geöffnet, der Sicherungsstift der Blendgranate wurde gezogen, das Kampfmittel flog durch die Öffnung zwischen Tür und Rahmen und die Tür wurde ein Stück zugezogen. Magnesium und Perchlorat taten ihren Job und reagierten binnen kürzester Zeit.

Lichtblitz und Knall machten sich gleichzeitig bemerkbar. Mit einem Ruck wurde die Tür sperrangelweit aufgerissen und alle Einsatzkräfte, die davor gewartet hatten, stürmten unter lautem Rufen den Raum.

Jamie hörte das bekannte Schreien: „Polizei! Keine Bewegung! Die Hände hoch!“

Mehrere Polizisten schrien wild durcheinander und man sah die Überraschung in den Augen der Verdächtigen. Keiner von ihnen hatte auch nur ansatzweise das Anrücken und das Ausschalten der Sicherungsposten bemerkt. Bis hierhin lief also alles optimal.

Doch dauerte dieser Effekt nur Bruchteile von Sekunden und die Kriminellen erholten sich schnell vom ersten Schock. Sie zogen ihre Handfeuerwaffen, liefen in verschiedene Richtungen, um die Lage schlagartig wieder in den Griff zu bekommen und Deckung zu suchen. Bei ihren Fluchtversuchen schossen sie wild um sich, ohne dabei wirklich gezielt Polizisten anzuvisieren. Sämtliche Einsatzkräfte brachten sich hinter allen möglichen Hindernissen in Sicherheit, als die Schüsse abgefeuert wurden. Jamie duckte sich mit Cooper hinter einer großen Holzkiste. Sie lauschte, und als sie kein Schnellfeuergewehr hörte, wusste sie, dass die Verdächtigen keine Zeit gehabt hatten, die AK-47 zu erreichen, geschweige denn, sie einsatzbereit zu machen. *Wenigstens etwas.*

Chaos brach aus. Ein Schusswechsel folgte dem nächsten. Jamie blickte um sich, auf der Suche nach weiterer schutzgebender Einrichtung, sie wollte ihren Standort wechseln. Sie musste den Seiteneingang irgendwie erreichen. Mit einem kurzen, schnellen Blick über die Holzkiste hinweg, hinter der sie mit Cooper Deckung gesucht hatte, versuchte Jamie, eine Übersicht über die Lage zu bekommen und sich das Bild, welches sich ihr bot, genauestens einzuprägen.

Im rechten, hinteren Bereich hatte sie einen Verdächtigen gesehen, der geradewegs auf die Seitentür zulief. Sie hielt ihre Waffe fest im Anschlag, drehte ihren Körper und stützte ihr rechtes Knie auf den harten Betonboden.

Jamie kam hoch, visierte den Bereich an, den sie noch vor ihrem geistigen Auge sah, erkannte den Verdächtigen und gab sofort einen Schuss ab. Der Kriminelle sackte zu Boden. Sofort schaute sie rüber zu Cooper und rief: „Los, los, los!“, während sie ihm gleichzeitig Rückendeckung gab.

Cooper lief los, in den Gang zwischen den Regalen. Am Ende des Ganges nahm er die Geschwindigkeit aus seinem Lauf. Langsam, Schritt für Schritt, näherte er sich dem Ende der Regalreihe. Er versuchte, so wenig von seiner Position zu verraten wie es ging, und suchte gleichzeitig Sichtschutz zwischen den Kartons. Parallel huschte sein eigener Blick immer wieder durch Lücken, die zwischen den Kartons freigegeben wurden. Als er mit der Waffe in der Hand um die Ecke trat, war nichts Verdächtiges zu sehen.

Im Kopf blendete Cooper nun alle entfernten Geräusche aus, er versuchte, sich nur auf seine nähere Umgebung zu fokussieren, was ihm nicht sonderlich leichtfiel. Das rasende Klopfen seines Herzens schickte den wummernden Pulsschlag in seine Ohren und er spürte diesen trommelwirbelartigen Rhythmus direkt in seinem

Brustkorb. Langsam ging er weiter, konzentrierte sich und versuchte, Geräusche auszumachen. Er hoffte, wenigstens irgendetwas wahrzunehmen. Ein schnelles Atmen, ein Rascheln oder ein Schatten und er wüsste sofort, ob ihm hinter der Ecke jemand auflauerte.

Nichts! Da war rein gar nichts, als er um die Ecke ging, kein ungewöhnliches Geräusch, nichts, was seinem Auge hätte auffallen müssen.

Plötzlich vernahm er ein leises Pfeifen, das zeitgleich mit einem Schatten in seinem Augenwinkel die Luft zerschnitt. Stechender Schmerz durchzog seine Hand und seine Pistole fiel zu Boden. Der erfahrene Cop blickte schnell nach links und bevor die Metallstange, die zuvor seine Hand getroffen hatte, nun auch noch seinen Kopf treffen konnte, duckte er sich und der Schlag ging ins Leere. Geduckt und mit seinem gesamten Körpergewicht sprang er gegen die Beine des Angreifers und brachte ihn somit aus dem Gleichgewicht.

Die Bewegung, in die beide Körper durch Coopers Sprung gezwungen wurden, wurde nun jäh durch ein Regal gestoppt, in das sie gemeinsam hineinkrachten. Der Angreifer rammte seinen Ellenbogen in Coopers Rücken, der wiederum schlug seine Faust in die Seite des anderen und hoffte, damit die Leber zu treffen. Ein gezielter Leberhaken und der andere würde, egal ob er wollte oder nicht, in sich zusammensacken.

Er hörte, wie der andere stöhnte. Das war seine Chance, den Angreifer auszuschalten. Er hob seine Hand und versetzte dem anderen mit der Faust einen gezielten Schlag auf die Nase.

„Keine Bewegung!“, schrie Jamie, als sie um die Ecke schoss und die Situation sofort richtig einschätzte.

Der Angreifer stoppte in seiner Bewegung, Cooper packte ihn und schob ihn unsanft auf die gegenüberliegende Seite. Er drehte dem Unbekannten den linken Arm nach hinten auf dessen Rücken und griff nach seinen

Handschellen. Kurz drehte Cooper seinen Kopf und nickte Jamie zu.

Im nächsten Moment wollte Cooper die Handschellen anlegen, doch der Angreifer ging leicht in die Hocke und Cooper hörte ein Knacken. Im selben Augenblick drehte sich der Mann, womit er sich aus der Fixierung löste.

Der Kerl muss sich die linke Schulter ausgekugelt haben, dachte er für eine Sekunde. Er nahm mit einem Mal alles wie in Zeitlupe wahr, stand da wie schockgefroren, unfähig zu reagieren.

Cooper sah etwas Helles aufblitzen und das Einzige, zu dem er fähig war, war, das Wort „Messer" zu schreien.

Der Angreifer drehte sich in einer schnellen Bewegung auf dem Knie nach rechts zu Jamie um. Sein rechter, ausgestreckter Arm folgte der Rotation des übrigen Körpers ebenso schnell.

Alles passierte innerhalb von Sekunden. Jamie sah, wie Cooper den Angreifer fixierte und ihm die Handschellen anlegen wollte, dann war da eine Bewegung und Coopers Schrei, dessen Bedeutung sie jedoch im Moment nicht erfassen konnte.

Am Anfang spürte Jamie nichts. Dann war da ein brennender Schmerz in ihrer rechten Seite, der sich von dort durch ihren ganzen Körper zog. Sie nahm nichts anderes mehr wahr, solch einen Schmerz hatte sie noch nie im Leben gespürt. Wie durch einen Nebelschleier hörte sie einen Schuss, der scheinbar weit entfernt abgegeben wurde. Ihre Beine wollten sie nicht mehr tragen und sie sackte auf den Boden. Sie spürte, wie ihre Hose von einer warmen Flüssigkeit durchtränkt wurde.

„Jamie!", schrie Cooper.

Sie sah, wie Cooper sich über sie beugte und ins Mikrofon brüllte:

„Officer verletzt! Officer verletzt!"

Wen meint er? Meint er etwa mich?

Jamie bemerkte, wie Coopers Hände sich bewegten und zitterten.

Ein weiterer brennender Schmerz durchschoss ihren Körper.

Sie spürte, wie sich ihr Herzschlag beschleunigte. Ihr wurde kalt und ihre Augenlider waren mit einem Mal ganz schwer.

Nur kurz die Augen schließen. Ich bin so müde.

Kennedy und Lewis waren die Ersten, die den Tatort erreichten.

Lewis blieb stehen und seine Augen weiteten sich, als er das Bild vor sich sah.

Mein Gott, Jamie! Seine Gedanken überschlugen sich. Über dem zusammengesunkenen Körper seiner Einsatzleiterin kniete Cooper. Lewis sah, dass Coopers Hände auf Jamies rechter Hüfte lagen, und er konnte erkennen, dass Unmengen an Blut unter Coopers Händen hervorquollen. Es hatte sich bereits eine Pfütze um sie herum gebildet.

Als er sah, dass Jamie die Augen geschlossen hatte, wurde ihm schlecht. „Oh Fuck! Oh Fuck! Oh Fuck!"

„Ich kann die Blutung nicht stoppen." Coopers Stimme überschlug sich in blanker Verzweiflung.

Cooper schrie die beiden an: „Wo bleibt der Krankenwagen?"

Lewis konnte sich vor Angst nicht bewegen. *Das ist ein Traum! Nur ein Traum, das passiert nicht wirklich.*

Er sah aus dem Augenwinkel, wie Kennedy an ihm vorbeilief und sich neben Jamie niederkniete. Die Bewegung von Kennedy ließ ihn wieder in die Realität zurückkehren.

Cooper hatte zwischenzeitlich Kennedy Platz gemacht, kniete nun oberhalb von Jaimies Kopf. In seiner hilflosen Verzweiflung rutschte er vor und bettete ihren Kopf vorsichtig auf seine Knie. Mit zitternden Händen strich er ihr die Haare aus dem blassen Gesicht.

Jamie, Kleines, komm schon, mach bitte die Augen auf!!!

KAPITEL 15

Ihr Pieper ging los und Frankie stöhnte ins Kissen. Sie hatte sich gerade erst im Bereitschaftsraum hingelegt. Es war erst kurz vor Mitternacht, aber jede freie Minute sollte genutzt werden, um Schlaf zu finden. Man konnte nie wissen, was die Nacht brachte. Das war eine der ersten Prinzipien, die sie in der Zeit als Assistenzärztin gelernt hatte. Die zweite Lektion war es zu essen, egal ob man Hunger hatte oder nicht.

Die dritte Erfahrung, die sich aber leider als erste der schmerzhaften Art herausstellte, war die, niemals die körperliche Stärke eines psychisch kranken Menschen zu unterschätzen. Als sie daran dachte, rieb sie sich unwillkürlich über die kleine Narbe unterhalb ihres Kinns.

Sie griff nach dem Pieper, der auf dem Nachtschrank lag, und sah den Code der Notaufnahme. Es klopfte an der Tür und im selben Moment wurde diese geöffnet. Die Nachtschwester stand im Eingang. Frankie richtete sich auf und versuchte, sich den Schlaf aus den Augen zu reiben.

„Stichverletzung, in fünf Minuten.“

„Okay.“

Die Schwester drehte sich auf dem Absatz um und ging ohne ein weiteres Wort. Frankie knurrte und fragte sich, wie wohl der Rest der Nacht werden würde, wenn Schwester Beltran weiterhin so einen liebenswürdigen Charme verbreitete.

Es nutzte nichts, an der jetzigen Situation konnte sie nichts ändern, der angekündigte Notfall würde jeden Moment eintreffen.

Aber ihr war klar, dass sie das Verhalten von Schwester Beltran so nicht dulden konnte. Wenn sie sich weiterhin so aufführte, musste Frankie sie beiseite nehmen, um ein ernstes Wort mit ihr zu reden. Wenn nicht heute Nacht, dann zumindest in den kommenden Tagen. Mit dieser Art konnte sie Beltran nicht auf die Patienten loslassen.

Frankie stand auf und streckte sich, schnappte sich ihren Kittel, den Rest ihrer Sachen und lief nach draußen. Während sie die Treppen hinunterlief, warf sie sich ihren Kittel über, behielt das Stethoskop aber fest in der Hand.

Kein kompetenter Mediziner würde sich zuerst das Stethoskop umlegen und dann loslaufen, wenn er die Wahl hatte. Es galt als absoluter Anfängerfehler, sich ein Stethoskop um den Hals zu hängen, bevor man im Laufschritt zu seinem Einsatzort im Krankenhaus rennen musste. Ein wild umherschwingendes Teil, welches einen im Lauf ablenkte oder sogar herunterfallen und kaputtgehen konnte, das sollte einer erfahrenen Fachkraft, wie sie es war, nicht passieren. Frankie wollte auf keinen Fall zur Lachnummer unter den Kollegen mutieren.

Leicht irritiert lief sie die Treppen hinunter und fragte sich, woher diese Gedanken kamen. Steckte sie in einer Midlife-Crisis, dass sie in letzter Zeit über so vieles nachdachte? Nachdenken tat sie oft. Aber auch über solche unwichtigen Dinge, wie den Transport eines Stethoskops?

Der Wunsch nach einer Partnerin fürs Leben war schon oft da gewesen, doch zurzeit konnte sie diesen Gedanken nicht so schnell abschütteln, wie sie es sonst so oft tat. Würde sie irgendwann jemanden finden, der sie um ihretwillen liebte? Würde sie irgendwann wirklich den Mut haben, sich komplett einzulassen und die andere zuzulassen? Ohne die Angst vor Zurückweisung?

Frankie hatte eine Sehnsucht in ihrem Inneren, die sie nicht deuten konnte und die sich wie ein kleines Feuer in ihr ausbreitete.

Als sie in der Notaufnahme ankam, sah sie schon, dass der Assistenzarzt fertig angezogen war und auf sie wartete. Sie zog sich ebenfalls einen Einmalkittel über und legte nun ihr Stethoskop um den Hals. Schnell blickte sie um sich und sah, dass die Schwester im Behandlungszimmer alle relevanten Vorbereitungen traf. Sie nickte kurz dem Assistenzarzt zu, was für beide das Startzeichen war, durch die Schleuse vor den Ankunftsbereich der Notaufnahme zu gehen, um dort auf den angekündigten Rettungswagen mit dem Verwundeten zu warten.

Sie hörte die Sirenen schon lange, bevor sie den Krankenwagen sah. Sofort schoss das wohlbekannte Adrenalin durch ihren Körper und schärfte die Sinne und ihre Konzentration, ein altvertrautes Gefühl. Als der Krankenwagen um die Ecke bog, erkannte sie direkt dahinter zwei Polizeifahrzeuge, die mit Blaulicht folgten. Eine solche Eskorte zeigte ihr aus Erfahrung, dass es ein Cop war, der im Krankenwagen lag.

Als der Krankenwagen stehen blieb, riss sie die Tür auf. Sie sah den Sanitäter und einen dunkelhaarigen Mann, der über die Person auf der Liege gebeugt war. Der Sanitäter machte die Krankentrage bereit und Frankie half beim Rausziehen.

Währenddessen fragte sie: „Was haben wir?“

„Sechsunddreißigjährige Frau mit Stichverletzung im Abdomen, RUQ.“

Nachdem die Trage aus dem Wagen geholt worden war, hob Frankie den Kopf, um sich die Verletzte kurz anzusehen. Einen winzigen Augenblick starrte sie fassungslos auf das Gesicht der Frau, die da vor ihr lag. Sie erkannte die Schwarzhaarige aus der Polizei-Bar gleich wieder, doch legte sie diese innere Verwirrung sofort wieder ab und begann mit ihrer Arbeit.

Sie sah, wie der andere Mann parallel zur Trage in gleichem Tempo den Rettungswagen verließ. Er hatte seine Finger in der Wunde im rechten unteren Quadranten, und sofort wusste sie, dass er damit die Blutung stoppte. Seine Hände waren voller Blut und auch die Kleidung der Frau war blutdurchtränkt. Frankie realisierte sofort, dass der Blutverlust immens war, hoffte aber, dass sie sie schnell genug stabilisieren konnten, bevor die Polizistin daran starb. Sie hatten keine Zeit zu verlieren.

„Atmung schwach. Blutdruck systolisch 90 zu 60."

Während sie Jamie hineinschoben, sprachen sie weiter.

„Wie lange ist sie bewusstlos?"

„Zehn Minuten. Sie war zweimal wach, aber nicht ansprechbar."

Jamie fühlte sich, als würde sie ertrinken und versuchte verzweifelt, an die Oberfläche zu kommen. Sie hörte Geräusche, dumpfe Stimmen, merkte auch, dass sie bewegt wurde. Sie wusste nicht, was los war, und wollte einfach nur ihre Augen öffnen. Sie hörte lediglich Bruchstücke und kämpfte verzweifelt darum, sehen zu können, was hier passierte.

„Auf drei … Schneidet die Hose auf! …. Bewegen Sie ihre Hand nicht! …. Klemme! …. Wie ist der Blutdruck? …."

Jamie schaffte es, ihre Lider leicht zu öffnen, und ein grelles Licht brannte schmerzhaft in ihren Augen.

„Sie ist wach."

Blaue, warme Augen kamen in Jamies Blickfeld.

„Hey, es wird alles gut. Sie sind im Krankenhaus."

Jamie wusste nicht warum, aber diese Augen gaben ihr Sicherheit und sie wusste, dass alles gut werden würde.

Sie lächelte und spürte, wir ihre Lider wieder schwer wurden, darum schloss sie sie.

„Bleib bei mir“, war das Letzte, was sie hörte.

„Blutdruck fällt. …. Wir brauchen mehr Konserven. …. Beeilt euch! … Wir verlieren sie …“

KAPITEL 16

Frankie machte mit ihren Schultern kreisende Bewegungen und versuchte damit, die Anspannung der Muskeln etwas zu lockern. Nach Stunden im OP und den immer gleichen Bewegungen war sie inzwischen total verspannt.

Sie wusste, dass jetzt der schwerste Teil kam. Im OP hatte sie die Kontrolle und traf Entscheidungen. Die wartenden Familienmitglieder nach einer Operation zu informieren, ihnen Rede und Antwort zu stehen und gleichzeitig mit unterschiedlichsten Reaktionen konfrontiert zu werden, all das lag außerhalb ihrer Kontrolle, und sie hätte gut und gerne auf diesen Teil verzichten können. Sie versuchte immer, so einfühlsam mit den Familienangehörigen zu reden, wie sie konnte, aber solche Ausnahmesituationen, das Warten und die Ungewissheit waren Dinge, die Frankie niemandem abnehmen konnte.

Sie ging den Gang entlang, zum Aufenthaltsraum. Es war halb drei Uhr morgens und alles war ruhig, allein die Geräusche der Maschinen und Geräte auf der Intensivstation waren zu hören.

Von Weitem sah sie, dass fünf Personen unterschiedlichen Alters im Warteraum waren, jeder zeigte den gleichen traurigen Gesichtsausdruck, den sie schon Hunderte Male zuvor gesehen hatte.

Vier Männer, zwei Mitte bis Ende dreißig. Der eine war blond und der andere dunkelhaarig. Sie unterhielten sich.

Den Dunkelhaarigen erkannte sie sofort wieder. Es war der Mann, der mit im Krankenwagen gesessen und geholfen hatte, die Blutung zu stoppen.

Ein älterer Mann mit kurzen, grauen Haaren lief auf und ab.

Das müssen die Kollegen sein.

Denn die anderen beiden Personen saßen auf Stühlen und hielten sich an den Händen. Der Mann mit Glatze, den Frankie auf Mitte sechzig schätzte, sprach mit der grauhaarigen, etwas untersetzten Frau und man konnte sofort die Intimität zwischen den beiden erkennen.

Das müssen die Eltern sein.

So oft hatte sie schon solche Momente gesehen, Momente der Einigkeit zweier Personen in ihrer Angst um einen geliebten Menschen. Sie gaben sich gegenseitig Halt und Kraft. Vertrauten darauf, dass alles wieder gut werden würde.

Sie ging durch die Tür der Intensivstation und der ältere Mann, der die ganze Zeit auf und ab ging, blieb unvermittelt stehen und sah sie an. Sie wusste, dass die Menschen schon von Weitem versuchten, in ihren Augen oder an ihrer Körperhaltung abzulesen, welche Botschaft sie ihnen bringen würde.

Sie öffnete die Tür zum Wartezimmer und trat ein. Nun richteten sich alle Augenpaare auf sie.

„Sind Sie wegen Jamie D. Johnson da?"

Die ältere Frau sprang auf und der Mann, der eben noch sorgenvoll deren Hand gehalten hatte, tat es ihr gleich. Sie sah die geröteten Augen der Frau. Der Mann stellte sich neben sie und legte den Arm schützend um sie.

„Ja, ich bin die Mutter. Ich bin Dolores Johnson und das ist mein Mann Ethan Johnson."

„Ich bin Dr. Campell, ich habe Ihre Tochter behandelt."

Ethan nickte ihr zu und die anderen Anwesenden kamen näher heran, um dem Gespräch folgen zu können.

„Wie geht es meiner Tochter?"

„Ms. Johnson wurde mit einer Stichverletzung im rechten, unteren Beckenbereich eingeliefert. Die Beckenarterie wurde durchtrennt. Sie hat einen großen Blutverlust erlitten. Wir waren aber in der Lage, die Blutung zu stoppen. Während der Notoperation, die wir durchführen mussten, und als weitere Versorgungsmaßnahme erhielt sie bisher fünf Blutkonserven und befindet sich jetzt auf der Intensivstation."

Dolores hielt sich an ihrem Mann fest.

„Und was heißt das jetzt? Wird sie wieder gesund?" Ethan schaute sie fragend und zugleich missmutig an.

„Während der OP gab es keine Komplikationen und ihr Zustand hat sich stabilisiert. Sie sollte im Verlauf des Tages aufwachen."

„Oh Gott. Danke, Frau Doktor." Dolores warf ihre Hände um Frankie und drückte sie. Frankie hatte das Gefühl, keine Luft mehr zu bekommen, aber als sie in die Runde sah, sah sie die Erleichterung aller Beteiligten in deren Gesichtern.

Als Dolores die Umarmung beendete, reichte ihr Ethan die Hand.

„Danke, Doktor. Wie war Ihr Name noch mal?"

„Dr. Campell." Frankie drehte sich zu Kennedy.

„Aber danken Sie nicht mir. Danken Sie ihm. Er hat Ms. Johnson das Leben gerettet. Ohne sein Eingreifen wäre Ihre Tochter verblutet."

Lewis klopfte Kennedy auf die Schulter.

„Mann, das wird dir Johnson nie vergessen."

„Nicht nur sie", sagte Cooper und ein Schmerz durchzog seine Brust, während er sich daran erinnerte, wie hilflos er war, als er die Blutung nicht stoppen konnte und das Blut durch seine Finger quoll.

„Das ganze Department wird dich wie einen Helden feiern", Lewis grinste, als er das sagte.

Frankie musste schmunzeln, als sie sah, wie beschämt der Mann zu Boden guckte.

„Das Gleiche hättet ihr auch getan."

Dolores umarmte Kennedy und sagte etwas in sein Ohr, das niemand anderes im Raum verstehen konnte. Die Gesichtsfarbe des Polizisten wechselte schlagartig in einen Rotton. Mrs. Johnson wandte sich wieder Frankie zu.

„Kann ich meine Tochter jetzt sehen?"

„Ihre Tochter wird nicht ansprechbar sein. Ich kann Sie hinbringen, aber Sie haben maximal fünf Minuten." Frankie wusste, dass es egal war, was sie sagen würde, Mrs. Johnson würde darauf bestehen, ihre Tochter zu sehen.

Es war unvorstellbar wichtig für die Familienmitglieder, ein Lebenszeichen zu sehen, und seien es nur Bewegungen der Bettdecke durch das Atmen des Patienten. Die qualvollen Stunden der Ungewissheit und auch die Gedanken an den Tod waren etwas, das sie hinter sich lassen wollten.

Diese kurzen Momente der Sicherheit konnte und wollte sie niemandem verwehren.

„Und Sie, Officers …"

„Detectives. Wir sind Detectives."

Frankie musste grinsen, sie verstand nie, warum der Rang und die richtige Ansprache mit dem entsprechenden Dienstgrad für Polizisten so wichtig waren. Sie deutete mit ihrem Zeigefinger von einem zum anderen, während sie sprach: „Entschuldigen Sie, Detectives. Sie sollten jetzt nach Hause fahren. Sie wissen genauso gut wie ich, dass ich nur die Familie reinlassen werde und dass Sie heute nichts mehr ausrichten können."

Frankie richtete ihre Aufmerksamkeit wieder auf die Eltern: „Wollen wir?"

KAPITEL 17

Dolores‘ Herz setzte einen Schlag aus, als sie ihre Tochter vor sich im Krankenbett liegen sah. Ihre Hände umfassten das Metallgestell am Fuße des Bettes. Sie musste sich an irgendetwas festhalten, um sich Halt zu verschaffen. Ihr Kind war so blass und wirkte über alle Maßen zerbrechlich. Überall hingen Kabel und Schläuche, die mit ihrem Körper verbunden waren. Nur das Piepen des Herzmonitors ließ sie wissen, dass das kräftige Herz ihrer Tochter schlug.

Sie spürte die Hand von Ethan auf ihrer Schulter und dies gab ihr die Kraft, die sie brauchte, um den Moment zu überstehen.

„Sie lebt, das ist alles, was zählt“, flüsterte er in ihr Ohr.

Sie brachte nur ein Nicken zustande und ein Schluchzen entrang sich ihrer Kehle. Dolores schluckte trocken und rief sich innerlich zur Ordnung. Sie durfte nicht weinen, nicht hier vor Jamie.

Jamie war immer so stark und voller Energie. Sie selber musste jetzt stark sein, für ihr Kind. Sie wusste, sobald sie zu Hause war, würde sie zusammenbrechen. Aber nicht hier, wo Jamie sie hören konnte.

Mit langsamen Schritten traute sie sich, an das Kopfteil des Bettes zu treten.

Oh Gott, Jamie!

Ihre Augen waren geschlossen, es sah aus, als würde sie nur schlafen. Gleich würde sie die Augen öffnen, lachen, einen blöden Spruch bringen und dann wäre alles wieder gut, so wie früher.

Doch das tat Jamie nicht, und in diesem Moment war auch nichts gut. Die dunklen Schatten unter ihren Augen sprachen eine andere Sprache. Es war kein kleines Wehwehchen, wie ein aufgeschlagenes Knie, bei dem eine Mutter nur pusten musste, damit alles wieder gut wurde.

Als die ältere Frau sah, wie sich die weiße Decke durch die Atmung der Schlafenden auf deren Brust hob und senkte, rann eine Träne ihre Wange hinab. Mit einer Hand strich sie über die schwarzen Haare ihrer Tochter, beugte sich vor und flüsterte ihr ins Ohr: „Jamie, Schatz, ich bin es, Mama. Ich bin hier. Alles wird gut."

Sie gab Jamie einen Kuss auf die Wange.

„Komm schon, Schatz, mach die Augen auf."

Der Herzschlag von Jamie beschleunigte sich und Dolores sah mit großem Entsetzen zu Dr. Campell.

„Ich glaube, es reicht jetzt. Ms. Johnson muss sich ausruhen."

„Komm, Dolores, Dr. Campell hat recht."

Sie gab Jamie noch einen letzten Kuss. „Ruh dich aus. Wenn du aufwachst, werde ich da sein."

Ethan legte seinen Arm um Dolores und beide verließen zusammen das Krankenzimmer.

Als sie draußen vor der Tür standen, fragte Dolores, wo sie so lange warten könnten, bis Jamie aufwachte. Frankie und ihr Ehemann konnten sie nach langer Diskussion überzeugen, nach Hause zu fahren. Sie würde ihrer Tochter keinen Gefallen tun, ihr müde und ausgelaugt gegenüberzustehen, wenn sie zu sich kam. Ethan konnte sie überzeugen, dass Jamie sich nur Sorgen machen würde, wenn sie ihre Mutter so sah.

Zu Hause könnte sie versuchen, ein wenig zu schlafen, etwas essen und in ein paar Stunden wären sie wieder hier.

Frankie verabschiedete sich von den beiden, und als sie Dolores die Hand geben wollte, zog diese sie abermals in eine feste, aufrichtige Umarmung.

„Sie haben meiner Tochter das Leben gerettet. Ich weiß gar nicht, wie ich Ihnen jemals danken soll."

Frankie schüttelte den Kopf. „Mrs. Johnson, das ist mein Job."

Dolores konnte ein Lachen nicht unterdrücken. „Doc, wissen Sie was? Meine Jamie würde genau das Gleiche sagen."

Als Ethan und Dolores hinausgingen, rief Frankie ihnen plötzlich hinterher und war mit ein paar schnellen Schritten bei ihnen.

„Falls Ihre Tochter früher aufwacht, wovon ich nicht ausgehe, werde ich Sie umgehend anrufen. Auch wenn Sie irgendwelche Fragen haben oder irgendetwas ist, können Sie mich anpiepen lassen und ich werde sofort da sein. Zögern Sie bitte nicht."

Dolores lächelte, bedankte sich und ging mit ihrem Mann davon.

Frankie stutzte über sich selber, sie wusste nicht, warum sie das auf einmal tat. Sie hatte immer eine emotionale und professionelle Distanz zur ihren Patienten und deren Angehörigen gewahrt. Aber hier konnte sie schlichtweg nicht anders, und es fühlte sich richtig an.

Als sie beobachtet hatte, wie Mrs. Johnson mit ihrer Tochter redete und so liebevoll zu ihr war, war ihr warm ums Herz geworden und diese Geste hatte etwas in ihr berührt.

Frankie ging noch einmal ins Zimmer, in dem die Polizistin lag, und warf einen Blick auf den Monitor. Sie beobachtete Jamie eine Zeit lang. Sie war blass, was durch den hohen Blutverlust zu erklären war. Diese extreme Blässe nahm der schlafenden Frau jedoch nichts von ihrer

Schönheit. Kurzes, lockiges Haar, dessen tiefschwarze Farbe gegen das Weiß des Kissenbezugs umso intensiver wirkte. Die Gesichtszüge waren gleichmäßig. Hohe, ausdrucksstarke Wangenknochen und Lippen, die voll und wunderschön geschwungen waren.

Frankie erinnerte sich an den Moment, als sie ihr das erste Mal in die Augen gesehen hatte. Sie waren so dunkel, solch dunkle Augen waren ihr bisher noch nie begegnet. Diese Augen sprachen eine eigene Sprache. Darin war keine Unsicherheit, kein Zweifel zu erkennen. Man sah keinerlei Angst, nicht einmal die Angst davor zu sterben. Es lag nur Vertrauen darin, ein unbändiges, unerschütterliches Vertrauen. Und ganz ohne Vorankündigung veränderte an dem Abend ein Lächeln Frankies Gesicht. Es erfasste ihre Augen und es hatte den Anschein, als ahne sie, dass alles gut werden würde – was oder wem auch immer sie sich stellen musste.

Kurz vor Jamies Gesicht hielt ihre Hand inne. Sie erwischte sich dabei, wie sie ihr die Haare zurückstreichen wollte. Sie waren so wild und sahen gleichzeitig aus, als wären sie aus Seide gemacht.

Erschrocken über sich selbst, machte die Ärztin einen Schritt zurück. Sie wusste nicht, warum sie überhaupt wieder hierher zurückgekehrt war. Doch sie wollte sich selber noch einmal vergewissern, dass alles in Ordnung war. Dass eine Schwester jede Stunde kam und alles kontrollierte, verdrängte sie.

Warum sie plötzlich solch einen Wunsch verspürte, Jamie zu berühren, konnte sie sich selber nicht erklären. Frankie wollte den Gedanken nicht weiter vertiefen und verwarf ihn schnell.

„Du bist total überarbeitet und nicht mehr Herr deiner Sinne."

Sie schüttelte den Kopf über sich selbst und verließ das Zimmer.

KAPITEL 18

„Bleib bei mir.“ Immer wieder hörte Jamie diese sanfte Stimme in ihrem Kopf. Das Erste, was sie wahrnahm, war Dunkelheit. Sie wusste nicht, was passiert war oder wo sie sich befand. Langsam bekam sie Panik, sie konnte nicht aufwachen. Sie kämpfte darum, aufzuwachen und dieser Dunkelheit zu entkommen.

Sie wollte schreien, um sich schlagen, bloß weg von diesem Ort. Dann hörte sie wieder diesen Satz, spürte, wie sie sich beruhigte und sich eine Sicherheit, ja fast Geborgenheit, in ihrem Inneren ausbreitete, der sie bisher noch nie begegnet war.

Jamie beruhigte sich und konzentrierte sich darauf, ihre Kraft zu sammeln. Langsam öffnete sie die Augen einen kleinen Spalt weit, doch das war anstrengender als gedacht. Sie musste sie wieder schließen. Es waren mehrere Versuche nötig, bis sie es schaffte.

Weißes Licht traf schmerzhaft auf ihren Sehnerv, sie blinzelte ein paar Mal, bis sich ihre Augen an die Helligkeit gewöhnt hatten. Sie sah jetzt eine weiße Decke, horchte genau und vernahm ein piependes Geräusch. Sie drehte ihren Kopf nach links und sah einen Monitor. Dann schaute sie an dem Gerät vorbei und erkannte zwei Türen.

Sie versuchte, sich zu erinnern, was passiert war, doch alles in ihrem Kopf war in einen dichten Nebel gehüllt.

Jamie spürte, dass sie nicht alleine im Raum war, und drehte sich in die andere Richtung. Ihr stockte der Atem.

Ein glühendes Farbspiel aus unterschiedlichen Rot- und Orangetönen, die sich am Himmel miteinander vermischten. Direkt vor dem großen Fenster, durch das Jamie dieses Schauspiel eben noch betrachten konnte, stand eine blonde Frau, die ihren Kopf leicht vorgebeugt hatte und auf etwas schaute, das Jamie selbst nicht erkennen konnte. Ihre Haare fielen nach vorne und Jamie konnte ihr Gesicht nicht sehen.

Doch das Übrige, was sie sah, führte dazu, dass sie sich nicht einmal traute zu blinzeln. Der Winkel, in dem die Sonnenstrahlen auf die Frau fielen, ließ ihre schulterlangen, blonden Haare wie einen goldenen, aus Samt bestehenden Vorhang aussehen, der ihr Gesicht verdeckte.

Jamie hörte ein schnelles Piepen und wusste nicht, woher es kam. Die Frau hörte es anscheinend auch und schaute Jamie direkt in die Augen, wobei sie lächelte. Für Jamie schien die Zeit stillzustehen.

„Sie sind früher wach als gedacht", sagte die Ärztin freundlich.

Jamie konnte immer noch nichts sagen, sie war verwirrt, es war die gleiche Stimme, die sie die ganze Zeit in ihrem Kopf hörte.

Eine Sorgenfalte bildete sich auf der Stirn der Ärztin. Die Akte, die sie eben noch, am Fenster stehend, durchgesehen hatte, hielt sie nun locker in der Hand und kam auf Jamies Bett zu. Kurz davor hielt sie inne. Die Bewegung nahm Jamie wie in Zeitlupe wahr. Als die Frau kurz vor ihrem Bett stehen blieb, nahm die Polizistin einen leichten Luftzug wahr und im selben Moment musste sie tief einatmen, weil ihr Körper nach Sauerstoff verlangte. Sie hatte nur noch flach geatmet, als die Blonde sich auf sie zu bewegte. Es roch nach Lavendel und Sonnenschein kurz nach dem Frühtau.

„Ich bin Dr. Campell und Sie sind im Krankenhaus. Wissen Sie, was passiert ist?“

Jamie überlegte angestrengt und schüttelte den Kopf.

Frankie nahm einen Stuhl und setzte sich zu Jamie. Sie erzählte ihr, was passiert war, in welchem Zustand sie sich befand und wie die OP verlaufen war.

Als sie fertig war, sagte keine von beiden auch nur ein Wort und sie schauten sich in die Augen. Jamie lächelte und Frankies Wangen nahmen einen zarten, rosafarbenen Ton an. Die verletzte Polizistin schüttelte den Kopf und unterbrach hierdurch den Augenkontakt.

Abrupt stand die Medizinerin auf und schob den Stuhl nach hinten, ohne ihn anzuheben. Dies erzeugte ein quietschendes Geräusch, als die Stuhlbeine über den Hartbelag schrammten.

„Haben Sie Schmerzen?“

„Nein“, war alles, was Jamie von sich geben konnte.

Kleine Ameisen liefen an Frankies Wirbelsäule auf und ab, als sie in diesem kurzen Wort das tiefe Timbre in der Stimme der Frau vernahm, die sie etwas fragend ansah. Sie musste sich ganz schnell wieder unter Kontrolle kriegen. *Reiß dich zusammen, Frankie!*

Die blonde Frau versuchte, sich durch ein wenig Fachsimpelei von ihren eigenen Gedanken abzulenken. „Sobald Sie Schmerzen haben oder irgendetwas brauchen, drücken Sie diesen Knopf und es wird jemand kommen.“ Frankie legte den Rufknopf direkt neben Jamies Hand auf das Bett und achtete dabei darauf, sie nicht zu berühren.

„Ich werde Ihre Eltern anrufen und Ihnen Bescheid geben, dass Sie wach sind, danach werde ich wiederkommen und Sie untersuchen.“

Ehe Jamie etwas sagen konnte, ging Frankie schnell aus dem Zimmer.

Frankie starrte die geschlossene Zimmertür an, die sie beim Verlassen des Raumes hinter sich zugezogen hatte.

„Was war das denn?" Perplex stand sie für einen Moment weiter dort im Flur und versuchte, sich selbst eine Erklärung zu geben für das, was sie gerade erlebt hatte. Solche Reaktionen auf eine fremde Person waren ihr bis zum heutigen Tag fremd gewesen.

KAPITEL 19

„Lieber liegst du im Krankenhaus, als uns am Samstag zu besuchen?“

„Mom, Dad!“

Jamie versuchte, sich aufzurichten, doch die Verletzung machte sich umgehend bemerkbar und hinderte sie an diesem Vorhaben, sie zog eine schmerzverzerrte Grimasse. Dolores eilte schnell zu ihr hinüber und legte die Hand auf die Schulter ihrer Tochter.

„Lass das. Du sollst dich ausruhen.“

Dolores küsste Jamie auf die Stirn und strich mit der Hand über ihren Kopf. Sie sah Jamie ernst an. „Tu das nie wieder! Ich dachte, ich hätte dich verloren.“

Tränen traten in ihre Augen und Jamie sah, wie sehr ihre Mutter damit kämpfte, die Kontrolle über sich zu behalten. Jamie griff nach der Hand ihrer Mutter, hob sie hoch und küsste die Handinnenfläche.

„Niemals wirst du mich los, das weißt du doch.“

„Ist hier noch Platz für einen gut aussehenden Mann in diesem Raum?“

Jamie verdrehte die Augen, als sie die Stimme von Lewis hörte. Was zur Folge hatte, dass ihre Mutter sie warnend ansah und mit einem Blick bedachte, der sagte: das-gehört-sich-nicht. Jamie versuchte ein entschuldigendes Lächeln.

Als Lewis eintrat, dachte sie, ihr Verstand würde ihr einen Streich spielen. Er hatte drei riesige Ballons in der einen Hand und einen Teddybären in der anderen.

„Das ist nicht dein Ernst!"

„Was?" Er guckte nach oben zu den Ballons, danach auf den Teddybär und grinste frech.

„Da du dich nicht bewegen kannst und ich leider das gerahmte Foto von mir vergessen habe, dachte ich, du könntest dir stattdessen den hier angucken, wenn du Langeweile hast und an mich denkst." Als er das sagte, deutete er auf den Bären in seiner Hand und sein spitzbübisches Lächeln vertiefte sich noch. Er ging an ihrem Bett vorbei zum Tisch, der in der Raumecke stand.

„Ich leg das mal lieber hierhin, damit es weit genug von dir entfernt ist. Und wenn eine gut aussehende Krankenschwester kommt und dich fragt, wer dir diese liebevoll ausgesuchten Geschenke gebracht hat, dann kannst du ruhig sagen, dass sie von deinem attraktiven Single-Kollegen kommen." Er zwinkerte Jamie zu, als er fortfuhr: „Frauen stehen auf sensible Kerle."

„Und vergiss nicht zu sagen, dass er Herpes hat." Kennedy grinste breit, als er das sagte.

„Hey, das stimmt nicht. Wag es ja nicht, Johnson." Warnend sah er sie an.

Nun war auch Cooper im Raum, er grüßte Jamies Eltern und wandte sich dann zu ihr: „Wie geht es dir, Jamie?"

Jamies Augenbrauen zogen sich nachdenklich zusammen. Es war das erste Mal, dass sie ihre Kollegen nach dem Vorfall sah. Sie musste wissen, was geschehen war.

„Was ist passiert? Ich kriege nur Bruchstücke zusammen."

Jamie sah ihren Vater an und er wusste gleich, dass es eine Geschichte war, die eine Mutter nie hören sollte. Und wenn doch, dann sollte es in der abgeschwächten Form sein, die sie heute Nacht im Warteraum gehört hatte.

„Komm, Dolores, lassen wir die vier alleine."

„Ja aber, wir sind doch gerade erst gekommen."

„Ich weiß, Schatz, aber lass sie kurz alleine. Sie haben viel zu besprechen und wir beiden können einen Kaffee trinken gehen."

Dolores drückte Jamie noch schnell einen Kuss auf die Stirn und dann verließen sie ihre Tochter und ihre Kollegen.

„Mom!", rief Jamie ihr hinterher.

Dolores drehte sich um. „Ja?"

„Ähm, würdest du vielleicht … könntest du mir vielleicht ein paar Klamotten mitbringen?" Jamie wurde rot. „Also, insbesondere Unterwäsche."

Dolores nickte, und als Jamie ihre Kollegen ansah, waren diese mit den profansten Dingen beschäftigt und taten so, als hätten sie die Unterhaltung nicht mitbekommen, wofür Jamie sehr dankbar war. Als sich die Tür schloss, kam Jamie wieder auf das ursprüngliche Thema zu sprechen:

„Okay, was ist passiert?"

Cooper erzählte ihr alles, angefangen bei der Rangelei, die sich praktisch aus dem Nichts heraus zwischen ihm und dem Verdächtigen entwickelt hatte, bevor sie dazukam. Er beschrieb den weiteren Ablauf, die schnelle Drehung und wie der Verdächtige das Messer in Jamie rammte. Dass er ihre Blutung nicht stoppen konnte, wie Kennedy gehandelt hatte, und was die Ärztin zu Kennedys schnellem Eingreifen gesagt hatte.

„Dann verdanke ich dir mein Leben, Kennedy."

„Ach was", er winkte mit der Hand ab, „wir sind ein Team und das ist halt, was wir füreinander tun."

„Ja, aber woher wusstest du, was zu tun war?"

„Bevor ich zu euch kam, war ich Undercoveragent, und wir wurden zu Seminaren geschickt, die Sanitäter oder Ärzte hielten. Wir bekamen eine intensivere Schulung zum Thema Erste Hilfe sowie Erstversorgung bei Schusswunden und Stichverletzungen. Man brachte uns bei, wie wir unsere Umgebung beobachten und nutzen sollten, und man zeigte uns, dass sich aus nahezu allem, was sich um einen herum befindet, Verbandsmaterial oder Hilfsmittel zum Stoppen von Blutungen herstellen lassen, falls mal kein Erste-Hilfe-Koffer vorhanden ist. Als du da so lagst, erinnerte ich mich daran, wie eine Ärztin einen Fall erzählte. Es ging in Kurzfassung darum, dass einer, nach heftiger Schießerei stundenlang den Finger in der Schulter eines Kollegen hatte und damit die Blutung stoppte, die durch eine Kugel verursacht wurde. Wie genau, weiß ich nicht mehr, ich bin ja kein Arzt."

Er zuckte mit den Schultern.

„Ich wusste nicht, ob das helfen würde. Aber das war das Einzige, was mir einfiel, und eine andere Option gab es nicht."

„Was ist mit den Verdächtigen?"

Sofort kippte die Stimmung um und Jamie sah, dass ihre Kollegen, wie aus dem Nichts heraus, ihre Blicke von ihr wegdrehten und alles im Raum ansahen, nur sie nicht mehr. Die Miene der erfahrenen Polizistin verfinsterte sich.

„Was ist los? Spuckt es aus!"

Kennedy und Lewis starrten Cooper an. Er war der Älteste und Jamies direkter Partner. Am liebsten hätte er mit den Augen gerollt und die beiden Männer als Feiglinge beschimpft, aber er beließ es bei dem aufkeimenden Gedanken an einen Anpfiff, einer musste es ihr ja sagen.

Cooper räusperte sich: „Na ja … also …. das war so."

Jamie wusste schon vorher, dass es keine gute Nachricht war, aber als Cooper anfing zu stottern, ja geradezu herumdruckste, versuchte sie, sich auf das Schlimmste vorzubereiten.

„Jamie, als die Festgenommenen ins Department gebracht wurden und alle erkennungsdienstlich erfasst wurden, hat man sie in die Verhörräume gebracht. Noch ehe jemand mit seiner Vernehmung anfangen konnte, waren ihre Anwälte schon da."

„Und?"

„Jamie, sie sind alle draußen und keiner hat eine Aussage gemacht. Wir haben nur ihre Namen."

„Was?" Jamie schrie vor Wut. „Das ist nicht euer Ernst! Wie haben die das geschafft?" Es war mehr eine Art empörter Ungläubigkeit, als dass sie diese Worte wirklich als Frage stellte.

„Ich bin kein Anwalt, aber so, wie die Herren gekleidet waren, verdienen sie in einem Monat mehr als wir im ganzen Jahr. Frag mich nicht, aber nachdem sie mit dem Staatsanwalt gesprochen haben, sagte er uns, dass wir sie gehen lassen müssten."

Nun schaltete sich Lewis ins Gespräch ein:

„Wir kriegen sie. Mach dir keine Sorgen!"

„Ihr wollt mich verarschen, oder? Da stinkt doch was gewaltig! Sie sind draußen, wir haben die Waffen, wir haben die Übergabe und sie sind trotzdem draußen! Denkt ihr wirklich, dass wir weiterkommen?" Jamies Puls raste, was die Überwachungsgeräte Alarm schlagen ließ. Sie konnte es nicht glauben. Wie konnte das alles passieren, an welchen Strippen zogen deren Anwälte? Jamie war fassungslos und fühlte sich ohnmächtig vor Wut. Sie fühlte, wie die Rage in ihr aufloderte. Wäre sie doch nur nicht wegen dieser Verletzung außer Gefecht und an dieses verfluchte Bett gefesselt. Sie verkrampfte sich und ballte die Hände zu Fäusten, ohne dass sie dies wirklich merkte.

„Ich glaube, es ist besser, wenn Sie jetzt gehen. Die Patientin braucht Ruhe." Alle drehten ihren Kopf zur Tür, keiner hatte bemerkt, dass die behandelnde Ärztin zwischenzeitlich ebenfalls den Raum betreten hatte. Die Pose, die sie eingenommen hatte, um ihren Worten Nachdruck zu verleihen, sah nicht gut aus. Sie hatte die Arme vor der Brust verschränkt und ihre Augen funkelten wütend.

Jamie musste schlucken, dieser Blick hatte etwas ungemein Erotisches an sich, etwas, das sie nicht beschreiben konnte. Aber als sie zu Lewis blickte und bemerkte, wie er unverhohlen die Ärztin musterte, keimte etwas Merkwürdiges in ihr auf. Sie merkte, dass sie wütend wurde, konnte sich aber nicht so recht erklären, wodurch dieser emotionale Anflug verursacht wurde. Sicher nicht dadurch, dass Lewis die Frau in Weiß nahezu einer optischen Leibesvisitation aussetzte und sie begutachtete – oder vielleicht doch?

Entschuldigungen murmelnd, verließen alle den Raum. Die Ärztin blieb weiterhin in ihrer Haltung stehen und beobachtete, wie die Männer förmlich im Gänsemarsch mit hängenden Köpfen hinausstapften. Bei diesem Gedanken entspannte sich Frankie und sie belächelte das Bild sogar im Inneren.

Frankie hatte die Patientenakte in der Hand, ging zu Jamie ans Bett und blieb vor ihr stehen. Etwas unwohl fühlte sich die Gesetzeshüterin, ein trockenes Gefühl machte sich mit einem Mal in ihrem Hals breit und sie versuchte, es durch mehrfaches Schlucken wegzubekommen. Schließlich blickte sie die Ärztin direkt an. In ihren Augen sah Jamie jetzt keine Wut mehr, sie waren warm und in ihrer Stimme schwang ein weicher Ton mit, der Jamie gefiel.

„Wie fühlen Sie sich?"

„Gut", versuchte sie so überzeugend wie möglich von sich zu geben.

Frankie zog die Augenbraue hoch und Jamie sah sich selbst unverhofft in die Rolle eines kleinen Kindes versetzt, das vor den Rektor zitiert wurde, weil man es bei einer Missetat erwischt hatte.

Die Medizinerin holte sich einen Stuhl heran und setzte sich auf Höhe von Jamies Hüfte neben das Krankenbett.

„Ich habe vorhin versucht, mich aufzurichten. Das war sehr schmerzhaft und ich musste mich gleich wieder hinlegen.“

„Ms. Johnson, erwarten Sie keine Wunder, es wird noch mindestens zwei Wochen dauern, bis Sie keine Schmerzen mehr haben. Wir haben Sie dreifach genäht. Zweimal innerlich die Muskeln und das Fettgewebe. Diese Nähte lösen sich von alleine auf. Und die dritte Naht musste an der äußeren Hautschicht gesetzt werden. Da werden die Fäden gezogen, so etwa in zehn bis vierzehn Tagen, je nach Heilungsfortschritt. Das können Sie entweder beim Hausarzt machen lassen oder hier.“

„Hier“, sagte Jamie schneller, als sie denken konnte.

Frankie musste grinsen. „Außerdem wird es ein paar Wochen dauern, bis Sie im direkten Verletzungsbereich wieder alle Berührungen auf der Haut vollständig spüren. Es wird sich anfangs eher anfühlen, als sei die Haut taub, ähnlich wie wenn einem die Hand einschläft oder als hätte jemand Eisspray bei einer Sportverletzung benutzt. Aber keine Sorge, das kommt alles zurück.“

Jamie hatte nicht mehr zugehört. Sie war viel zu perplex über die Antwort, die sie so schnell von sich gegeben hatte.

Du stehst unter Medikamenten, das ist die einzig logische Erklärung.

„Ich müsste noch kurz die Naht untersuchen. Ich komme gleich wieder.“

Frankie stand auf und ging kurz aus dem Zimmer. Erst jetzt wurde Jamie bewusst, dass sie gleich untersucht werden würde, und wo genau. Dass sie ein Krankenhaushemd trug, war nicht weiter schlimm. Aber sie wusste aus Erzählungen anderer, dass man im Krankenhaus eine grauenhafte Unterhose angezogen bekam, wenn man operiert wurde oder eben noch keine eigene Wäsche da hatte. Wie sollte sie es bloß am geschicktesten anstellen, dass Dr. Campell sie untersuchen konnte, ohne ihre Unterhose zu sehen?

Sie schlug die Bettdecke um und hoffte, dass sie an der Hüfte umklappen würde. Die Bettdecke klappte aber leider auf der Höhe des Bauchnabels um. Mit den Fingerspitzen und unter Schmerzen holte sie die Bettdecke wieder zurück und wagte einen zweiten Versuch, doch auch dieser war nicht erfolgreich.

Gerade als sie versuchte, die Bettdecke mit den Fingern zurückzuziehen, öffnete sich die Tür und Dr. Campell kam herein, begleitet von einer rothaarigen Krankenschwester. Jamie hielt in der Bewegung inne und starrte an die Decke. Dr. Campell schaute erneut kurz in die Patientenunterlagen, und Jamie traute sich, einen kurzen Blick auf sie zu werfen. Sie starrte auf die kleine Narbe an Frankies Kinn, und völlig ohne Vorankündigung zog sich ihr Magen ein wenig zusammen.

Sie verspürte plötzlich das Verlangen, diese Stelle zu berühren. Ihr Blick wanderte zu den vollen, roten Lippen der Blonden und Jamie spürte eine Gänsehaut, die sich wie eine Welle über ihren Körper ausbreitete. Als ihr Blick weiter nach oben wanderte, entging ihr nicht, dass Dr. Campell sie ansah und dass sie wusste, dass sie sie gerade bei ihren Betrachtungen ertappt hatte.

Frankie hatte gespürt, dass sie beobachtet wurde, und als sie aufschaute, hatte sie gesehen, dass Jamie auf ihre Lippen starrte. Wie aus einem Reflex heraus wollte sie sich gerade die Lippen mit der Zunge befeuchten, als ihr klar wurde, wo sie war und dass Kim neben ihr stand. Frankie zog die Augenbraue hoch, um Jamie zu zeigen, dass sie sie erwischt hatte.

Eigentlich hätte Frankie umgehend mit der Untersuchung beginnen sollen, doch sie konnte nicht anders, als ihren eigenen Blick von Jamies Augen abzuwenden und dem, was sie sehen oder erahnen konnte, einen Augenblick lang ihre Aufmerksamkeit zu schenken.

Ein langer Hals, den man ausgiebig küssen konnte, feste Brüste, die selbst unter dem Patientenkittel gut zu erkennen waren, und ein fester, flacher Bauch.

Der Anblick, der sich ihr bot, gefiel ihr, sogar mehr als das. Sie spürte, wie in ihrem Magen Schmetterlinge tanzten und ihre Knie weich wurden.

Als sie aber sah, dass die Bettdecke umgeklappt dalag, musste sie grinsen, sie wusste sofort, was Jamie gewollt hatte.

Jamie starrte an die Decke, sie wollte umgehend im Erdboden versinken, weil die Ärztin sie dabei erwischt hatte, wie sie sie gemustert hatte. Aber als sie sah, wie Dr. Campell ihrerseits mit den Augen ihren Körper hinabfuhr, fühlte es sich so an, als würde sie sie streicheln, und Jamie spürte sofort, dass ihr Körper reagierte und sich ihre Brustwarzen aufstellten. Am liebsten hätte sie die Arme vor der Brust verschränkt. Da sie nicht viele Möglichkeiten hatte, blieb nichts anderes übrig, als weiterhin stur zur Decke zu starren.

„Ich werde mir die Naht angucken, ob es Rötungen oder Schwellungen gibt.“ Jamie nickte, schaute sie aber nicht dabei an.

Frankie setzte sich auf ihren Stuhl und rollte ans Bett. Langsam zog sie die Bettdecke herunter. Als sie das Hemd hochheben wollte, streifte sie Jamies rechten Oberschenkel, unmittelbar hatte sie das Gefühl, als würde ein Stromschlag durch ihren Körper zucken.

Sie legte die Bettdecke zurück, eben so weit auf den Oberschenkel, dass dort alles bedeckt war, sie also nicht Gefahr lief, nochmals an einer Stelle nackte Haut zu berühren, die gerade nichts mit der Untersuchung zu tun hatte. Als sie das Pflaster löste und die Naht abtastete, hatte sie das Gefühl, als würden ihre Finger verbrennen. Selbst durch die Handschuhe spürte sie die Hitze der Haut, die direkt unter ihren Fingerspitzen lag. Sie blickte nicht auf, zu groß war die Angst, dass Jamie in ihren Augen lesen konnte, was in ihr vorging, was die Berührungen auszulösen vermochten.

Die Muskeln unter ihren Fingern zuckten und sie hatte größte Mühe, sich zusammenzureißen. Sie wollte nicht nur die Wunde anfassen, sie wollte ihre Hände auf den Bauch legen, diese festen Muskeln unter ihren Fingern spüren, die Haut streicheln und kleine Kreise mit ihren Fingerspitzen zeichnen. Frankie war einen Moment lang ganz in ihrer eigenen Fantasie gefangen. *Und ich würde mit meiner Zunge die Zeichnungen vervollständigen.* Ihr Mund wurde ganz trocken.

Jamie starrte wie hypnotisiert auf die Hände, die leicht auf ihre Naht drückten.

Lange, schlanke Finger, und doch so stark.

Ohne es zu bemerken, befeuchtete sie ihre Lippen.

Das Räuspern von Kim ließ beide aufschrecken. Schnell wandte Frankie ihren Blick ab, nahm ein neues Pflaster und klebte es auf die Wunde.

Sie stand auf und schaute Jamie an, das erste Mal seit Beginn der Untersuchung. Sie hatte Angst, dass Jamie in ihren Augen lesen konnte, doch als Jamie ihre Augen von der Decke abwandte und sie direkt ansah, stockte Frankie der Atem.

Die Augen, von denen sie wusste, dass sie normalerweise ein dunkles, fast ebenholzfarbenes Braun zeigten, waren jetzt nah an tiefem Schwarz und etwas loderte darin. Frankie erkannte, dass die Augen der Frau, die sie eben noch behandelt hatte, vor Verlangen brannten.

„Es sieht alles gut aus“, gab die Ärztin knapp und mit rauer Stimme von sich. Jamie nickte nur, wandte ihren Blick aber nicht von Frankie ab.

Jamie wusste nicht, was sie sagen sollte, also sagte sie das Erste, was ihr in den Kopf schoss: „Wann komme ich hier raus?“

Sie sah ein kurzes Bedauern in den Augen ihres Gegenübers, doch so schnell es auch erschienen war, so schnell war es auch wieder verschwunden.

„Nachher wird noch eine Schwester vorbeikommen und Ihnen Blut abnehmen, damit wir die Entzündungswerte ermitteln können. Wenn alles im normalen Bereich ist und nichts Unvorhersehbares passiert, werden Sie morgen auf die normale Station verlegt. Und wenn dort der Heilungsprozess weiter ohne Komplikationen verläuft, dann vielleicht in einer Woche, und das ist schon sehr großzügig."

„Was? Das geht nicht!"

„Und wieso nicht?"

„Wir stecken mitten in einem Fall und …"

„Sie denken doch nicht wirklich, dass Sie sofort wieder arbeiten können?" Frankies blaue Augen funkelten, als sie dies sagte, und Jamie gefiel es, wie sich die Farbe intensivierte, wenn die Ärztin ungehalten wurde. „Sie wurden niedergestochen und sind dem Tod im wahrsten Sinne von der Schippe gesprungen. Die Wunde sieht, wie gesagt, gut aus und sie ist auch nicht sehr groß. Aber es war ein schwerer Eingriff, das dürfen Sie nicht vergessen." Frankie drehte sich um und wollte das Zimmer verlassen, aber Jamie wollte nicht, dass die gerade begonnene Unterhaltung so schnell endete.

„Kommen Sie heute noch einmal wieder?"

„Ich muss leider wieder zurück in die Notaufnahme. Die Krankenschwester wird nach Ihnen sehen. Später haben wir die Schichtwechsel, die Übernahme. Ein anderer Arzt wird sie heute Abend bei der Visite untersuchen."

„Okay", erwiderte Jamie wortkarg, aber es lag ehrliches Bedauern in dem kleinen Wort.

Frankie spürte die Enttäuschung. So sehr sie Jamie ebenfalls wiedersehen wollte, sie wusste, dass sie es heute nicht schaffen würde. Die Notaufnahme war jetzt schon voll. Sie legte ihre Hand auf Jamies Schulter und drückte diese leicht.

„Aber ich habe übermorgen wieder Dienst, und dann komme ich vorbei, um nach Ihnen zu sehen." Das Lächeln, welches sich jetzt bei Jamie zeigte, zauberte auch ihr selbst ein tiefes Lächeln aufs Gesicht. Frankie konnte ihre professionelle Maske nicht aufrechterhalten, sie musste das Lächeln einfach erwidern.

„Also, wir sehen uns dann übermorgen." Frankie drehte sich um und ging.

„Wie heißen Sie?", rief Jamie ihr hinterher.

„Dr. Cam..."

„Frankie", rief Kim dazwischen, ziemlich laut und mit ein bisschen zu viel Enthusiasmus. Sie hatte sich die ganze Zeit zurückgehalten und das Schauspiel, das sich ihr bot, erfreut beobachtet. Doch jetzt platzte ihre Begeisterung in dieser kleinen Entgleisung heraus.

Jamie blickte leicht überrascht zu der rothaarigen Schwester, die sie in den vergangenen Minuten irgendwie ausgeblendet hatte, und zwinkerte ihr dankend zu.

„Okay, dann bis übermorgen ... Frankie."

Kurz bevor die Tür ins Schloss fiel, hörte die Ärztin noch ein leises „Ich freu mich drauf", woraufhin Frankies Herz einen Sprung machte.

Als Jamie alleine im Zimmer war, fühlte sie in ihrem Inneren eine Traurigkeit, als hätte sie etwas Wichtiges und lieb Gewonnenes verloren. Woher dieses Gefühl kam, konnte sie sich nicht erklären.

KAPITEL 20

„Oh mein Gott, Frankie! Was war das denn? Kims Stimme überschlug sich beinahe.

„Was meinst du?“

„Na, ihr beiden, wie ihr euch angesehen habt. Ich dachte, ihr fallt gleich übereinander her.“

„Schwachsinn!“ Frankie wusste, dass das eine Lüge war, doch was war das zwischen ihr und der Polizistin gewesen?

Sie konnte es sich selbst nicht erklären, und wie sollte sie es erst Kim erklären?

„Ich bitte dich, Frankie. Du hast gar nicht bemerkt, dass ich mit im Raum war. Hättest du mir überhaupt erzählt, dass da etwas zwischen euch beiden läuft?“

Frankie wollte antworten, aber als die Türen zum Fahrstuhl aufgingen und Kollegen herauskamen, schwieg sie. Erst nachdem sie selbst in die Aufzugskabine getreten waren, sich die Türen hinter ihnen schlossen hatten und sie alleine im Fahrstuhl waren, sprach sie weiter:

„Da ist rein gar nichts. Was wolltest du überhaupt?“

„Na gut, Themawechsel. Ich hab dich gesucht, weil wir dich zum Essen einladen wollten.“

„Und wer kommt alles?“

Kim zögerte mit der Antwort, sie fing an, ihr Gewicht von einem Bein aufs andere zu verlagern.

„Eigentlich waren Beverly, du und ich geplant …“ Die letzten, gemurmelten Worte konnte sie nicht mehr verstehen.

Frankie drehte sich im Fahrstuhl um, blickte Kim direkt und ernst in die Augen, die daraufhin immer nervöser wurde.

„Eigentlich? Heißt was genau?“

„Beverly, du, ich und Shelley. Eine Freundin von Beverly.“ Noch bevor Frankie etwas erwidern konnte, hob Kim abwehrend beide Hände. „Aber das hat sich ja jetzt wohl erledigt.“

Auf den letzten Satz wollte Frankie etwas erwidern, doch als die Fahrstuhltür mit einem Pling aufging, sprang Kim mit einem kleinen Hechtsprung nach vorne.

„Sonntag um sechs bei uns. Nur wir drei“, rief sie noch schnell über die Schulter, winkte mit der Hand und verschwand um die nächste Ecke.

KAPITEL 21

Frankie stand im Eingang ihrer Wohnung, warf den Schlüssel auf die Kochinsel und atmete erst einmal tief durch. Sie war müde, kaputt und froh, endlich zu Hause zu sein. Sie trat in den Flur zurück, zog ihre Jacke aus, öffnete einen der drei deckenhohen Schränke und hängte ihre Jacke hinein.

Unwillkürlich wanderten ihre Gedanken wieder zu der verletzten Polizistin zurück und sie fragte sich, wie die Wohnung von Jamie wohl aussehen mochte. Sie stellte sie sich klein vor, aber groß genug, um sich dort wohlzufühlen.

Während sie wieder in Richtung Küche ging, nahm sie im Esszimmer noch die Post vom Tisch. Ihre Haushälterin hatte sich angewöhnt, den Briefkasteninhalt dort abzulegen, weil man ihn sonst kaum übersehen konnte, wie sie sagte. Es könne schließlich immer etwas Wichtiges dabei sein.

Als sie die Post sichtete, erinnerte sie sich plötzlich an den unglaublichen Anblick, den Jamies Augen ihr nach der Untersuchung geboten hatten. Das Feuer, das darin lag, und das brennende Verlangen, welches ihr entgegenschlug. Sie warf die Post wieder auf den Tisch und ging auf direktem Weg ins Schlafzimmer.

Sie brauchte eine Dusche, um den Schweiß und die Anspannung des Tages vom Körper zu waschen.

Als sie mit dem Duschen fertig war, zog sie T-Shirt und Jogginghose über. Sie stand im Schlafzimmer und überlegte, ob sie etwas essen sollte oder doch lieber zuerst ins Bett gehen, um ein wenig ihres Schlafmangels wettzumachen.

Frankie machte drei Schritte auf die französische Tür zu, die durch ihre kleinen Sprossenfenster eine großzügige Sicht auf die dahinterliegende Terrasse bot. Sie entsicherte die Tür, öffnete beide Flügel und trat hinaus in die kühle Nachtluft.

Sie schaute in den Sternenhimmel und ließ den Tag Revue passieren.

Die erste Erinnerung, die sich in ihre Gedanken schob, war der Zeitpunkt, an dem sie das Krankenzimmer auf der Intensivstation betreten hatte, in dem Jamie lag. Sie sah die besorgten Eltern der Polizistin wieder vor sich. Seltsamerweise hatte sie ihren Blick nicht von dieser Szene abwenden können. Als sie im Eingang stehen geblieben war, hatte sie sich wie ein unliebsamer Beobachter gefühlt.

Aber sie war viel zu sehr von diesem Anblick fasziniert gewesen.

Als die Mutter hereinkam und sie mitverfolgen konnte, wie innig Mutter und Tochter miteinander umgingen, strahlte der ganze Raum so viel Liebe aus, wie sie es bisher selten erlebt hatte.

Für einen flüchtigen Augenblick und ohne dass sie etwas dagegen unternehmen konnte, war da die Fantasie gewesen, dass Jamie nicht die Handflächen ihrer Mom küsste.

Frankie sah vor ihrem inneren Auge, wie Jamie ihre eigene Hand nahm und begann, sanft ihre Lippen auf deren Innenfläche zu senken.

Als sie dann aber einen Stich in der Brust verspürte, hatte sie sich abwenden und umgehend das Zimmer verlassen müssen.

Sie hatte Jamie vor ihrem Feierabend noch besuchen wollen, sehen, ob alles in Ordnung war. Noch einmal diesen Blick von ihr auf sich spüren, sich in den Bann dieser Augen ziehen lassen und sich dem Feuer stellen, das darin brannte.

Leider kam es vollkommen anders, denn während des kompletten Dienstes war in der Notaufnahme der Teufel los gewesen, sie hatte kaum eine Chance gehabt, zwischendurch nach einem Getränk zu greifen. Außerdem war ihr Dienst schon zu Ende gewesen und sie hätte offiziell keinen Grund gehabt, nach der Patientin zu sehen. Ihr war keine Ausrede eingefallen, sie noch einmal aufzusuchen.

Frankie gähnte und die Müdigkeit breitete sich in ihr aus. Essen konnte sie auch morgen früh. Sie schloss die Terrassentür und legte sich ins Bett. Der Versuch, Schlaf zu finden, war jedoch ein sinnloses Unterfangen.

Jedes Mal, wenn sie die Augen schloss, sah sie Jamie wieder vor sich, fühlte die heiße Haut unter ihren Fingern, als sie sie anfasste, und nahm erneut das Zucken der Bauchmuskeln wahr. Sie sah Jamies Hände überall auf ihrem eigenen Körper, spürte förmlich ihre Lippen auf den eigenen.

Frankie stellte sich vor, wie Jamies nackter Körper sie bedeckte, sie umhüllte, sie wie ein Kokon umschloss. Die Gefühle, welche diese Bilder in ihr heraufbeschworen, gaben ihr sowohl unbeschreibliche Wärme, aber ebenso wühlten sie sie auf.

Sie wusste, dass sie so nicht zur Ruhe käme, schon gar nicht einfach einschlafen konnte. Sie tat das Einzige, das ihr helfen konnte, ihren Geist zu schwächen, um endlich Schlaf zu finden.

Ihre Hand wanderte unter die Bettdecke, sie ließ den Gedanken und der Fantasie freien Lauf. Als sie ihre Augen schloss, sah sie Jamies brennenden Blick vor sich und spürte, wie sich ein Kribbeln über ihre Nervenbahnen ausbreitete, sich die Spannung in ihrem Körper aufzubauen begann. Frankie genoss das Gefühl, welches die Erinnerung an Jamies Blick in ihr hervorrief, sie ließ sich in den Moment fallen und war kurz darauf eingeschlafen.

KAPITEL 22

Die nächtlichen Lichter der Stadt ließen das Zimmer in diffusem Licht erscheinen. Hin und wieder war das Quietschen von Turnschuhen auf dem Flur zu hören, ansonsten war alles ruhig. Ungeachtet der Stille um sie herum tobte in ihrem Kopf ein Sturm. Sie verstand nicht, was mit ihr passierte, doch irgendetwas geschah mit ihr.

Jamie starrte an die Wand ihr gegenüber. Sie war lange genug abgelenkt gewesen, um nicht über die Geschehnisse der letzten Tage nachzudenken.

Cooper war am Abend noch kurz vorbeigekommen. Er erzählte ihr, dass Jess im Department mit einer Karte herumlief, die alle unterschreiben mussten. Sie war bereits hier gewesen, um Jamie zu besuchen, aber da sie geschlafen hatte, wollte sie die Kollegin nicht stören.

Jamie und Jess waren zusammen zur Academy gegangen, hatten sich danach aber aus den Augen verloren. Die Chemie hatte sofort zwischen den beiden gestimmt, vom ersten Augenblick an. Erst war es ein Blick gewesen, der alles über ihren Ausbilder sagte, dann war ein Spruch von Jess gefolgt und es hatte klick gemacht. Ein Klick, bei dem beide wussten, dass eine tief verbundene Freundschaft entstehen würde. Sie waren auf der gleichen Wellenlänge.

Sie hatten versucht, den Kontakt aufrechtzuerhalten, doch Undercover-Einsätze und die darauffolgenden

Nachrichtensperren erschwerten alles, bis der Kontakt vollständig abbrach.

Eines Morgens, als Jamie gerade in ihre Akten vertieft gewesen war, hatte sich jemand einfach mit Schwung auf die Kante ihres Schreibtisches geworfen, war dort sitzen geblieben, und als sie wütend aufblickte, strahlte ihr Jess voller Freude entgegen.

Cooper hatte ihr angekündigt, dass Jess sie besuchen kommen würde, hatte aber hinzugefügt: „Du kennst doch die Kollegen. Wenn einem von uns etwas passiert, dann sind wir füreinander da. Aber sobald einer im Krankenhaus landet und alles gut gegangen ist, ist es so eine Sache mit dem Besuchen. Keiner will an die Gefahren erinnert werden und schon gar nicht an die eigene Sterblichkeit."

Was er ihr noch sagte, machte sie wütend. Die Ermittlungen wurden weitergeführt und die Vorladungen an die Anwälte der Verdächtigen waren verschickt worden. Jamie wusste, dass sich dies wochenlang hinziehen würde. Dass immer wieder auf Zeit gespielt werden würde und die Gegenseite auf Verfahrensfehler der Polizei setzte.

Sie wollte hier so schnell wie möglich raus, um alles höchstpersönlich zu überwachen.

Ohne Vorwarnung wechselten jetzt die Bilder in ihrem Kopf.

Frankie schlich sich in ihren Geist, war unmittelbar präsent in Jamies Gedanken und auch in ihren Zellen, in jeder Faser, die bei der Erinnerung an diese Frau reagierte.

„Mmh", Jamie verzog mit einem genießerischen Lächeln die Mundwinkel.

Frankie, bereits der Name hatte sich so gut auf ihrer Zunge angefühlt, wie Honig, der ihren Hals hinunterlief. Diese blonden Haare, durch die sie nur einmal mit ihrer Hand hindurchfahren wollte. Volle rote Lippen, die sie durch Küssen, sanftes Knabbern und andere Reize noch mehr zum Anschwellen bringen wollte.

Diese Augen, wie sie funkelten, wenn sie sauer war. Die Veränderungen im Farbspiel, wenn sie voller Leidenschaft waren. Wie konnten blaue Augen nur so changieren? Als die Ärztin sie untersuchte und ihre Augen über ihren Bauch glitten, hatte Jamie das Gefühl gehabt, es wären nicht Frankies Augen, sondern ihre Hände, die sie berührten. Sie konnte es förmlich spüren, wie sie sie streichelten.

Jamie spürte, wie sehr ihr Körper auf ihre Erinnerungen und die Bilder reagierte, sie schaute sich um. Die Tür war angelehnt, was bedeutete, man könnte sie hören und sie würde eventuell nicht mitbekommen, wenn jemand an der Tür stand und sie beobachtete, wenn sie versuchte, ihre angestaute Lust ein wenig abzubauen.

Ebenso wenig wusste sie, ob es eine gute Idee war, dies zu versuchen. Zum einen taten bereits normale Bewegungen weh, zum anderen war sie sich nicht sicher, ob sie Gefahr laufen würde, dass eine der Nähte an der Wunde wieder aufging.

Jamie steckte in einer Zwickmühle, einerseits das körperliche Handicap und die Gefahr, erwischt zu werden, andererseits hatte sie sich selber mit ihrer Fantasie an einen Punkt der Begierde gebracht, der sie förmlich aushebelte.

Wenn sie ganz leise sein würde, könnte sie niemand hören und sie würde besser schlafen können. Sie versuchte, tiefer ins Bett zu rutschen, doch ein Schmerz durchzog ihren Bauch. Sie zog eine Grimasse und wusste, dass es nicht gelingen würde.

Sie fragte sich, was Frankie wohl gerade machte. Ob die blonde Ärztin auch so oft an sie denken musste? Sie wusste es nicht.

Verdammt, was ist los mit mir? Jamie schüttelte ihren Kopf, von solchen Hirngespinsten dürfte sie sich nicht ablenken lassen. Sie musste sich auf den Fall konzentrieren. Zu viel hing davon ab.

Und wenn sie erfolgreich wären, dann wusste sie, dass damit eine riesige Last von ihren Schultern verschwinden würde und sie ihrem Ziel ein Stück näherkam, ein normales Leben zu führen, ohne Schuldgefühle.

So sollte es sein, und für etwas anderes hatte sie keine Zeit.

KAPITEL 23

Es klopfte an der Tür und ehe Jamie etwas sagen konnte, kam auch schon Jess ins Zimmer gestürmt.

„Ich hab dir was mitgebracht." Sie hielt freudestrahlend eine braune Tüte hoch. Jess setzte sich ans Fußende des Bettes und lehnte sich mit dem Rücken dagegen.

„Mikes Diner, einen schönen, fettigen Burger und Pommes dazu. Richtig gesund." Sie warf Jamie die braune Papiertüte zu.

„Mmh, riecht das gut", seufzte Jamie .

„Was soll ich sagen? Krankenhausessen macht einen noch kränker."

Beide Frauen schmunzelten, Jess hielt den Handrücken seitlich an den Mund und flüsterte: „Ich glaube, die wollen, dass man hierbleibt. Noch mehr abkassieren. Du weißt, was ich meine."

„Ich hätte niemals gedacht, dass ich das so vermissen würde." Als Jamie von ihrem Burger abbiss, stöhnte sie genießerisch und schloss die Augen.

„Gott, ich liebe dich." Trotz ihres vollen Mundes konnte man genau verstehen, was Jamie gerade gesagt hatte.

Als Jamie die Augen wieder öffnete, stand plötzlich Frankie im Zimmer, ihr Blick ging zwischen den beiden Frauen hin und her. Als ihr bewusst wurde, was sie da eben von sich gegeben hatte, verschluckte Jamie sich und fing an zu husten. Jess sprang auf und reichte ihr schnell das Glas, welches auf dem Tisch neben Jamies Bett stand.

Nun stand auch Frankie am Bett und Jamie hielt sich schmerzverzerrt den Bauch.

„Ich sehe mir das mal kurz an.“ Ohne ein weiteres Wort untersuchte Frankie Jamies Wunde.

Jamie versuchte in den Augen ihrer Ärztin zu lesen, doch ihr Blick war stur auf das Becken ihrer Patientin gerichtet. Als sie fertig war, blickte sie nicht hoch. Erst als sie am Mülleimer stand und die Handschuhe entsorgte, sprach sie wieder:

„Es ist alles in Ordnung.“ Frankie drehte sich um und Jamie sah der Ärztin an, dass sie verletzt war. „Falls Sie noch irgendetwas brauchen, rufen Sie die Schwester.“

Jamie wusste nicht, was sie sagen sollte. „Frankie … ich“, weiter kam sie nicht, denn Frankie war schon aus der Tür hinaus.

„Was war das denn?“ Jess‘ verdutztes Gesicht sprach Bände.

Jamie fuhr sich durch die Haare. „Ich weiß es nicht. Ich weiß es wirklich nicht.“

Jess sah ihren verzweifelten Blick. „Dann erzähl mir halt erst mal, was passiert ist.“

Und Jamie tat es.

Als Frankie aus dem Krankenzimmer kam, ging sie einfach weiter. Sie legte die Akte im Schwesternzimmer ab und ging zum Fahrstuhl. Erst als die Fahrstuhltüren sich geschlossen hatten, lehnte sie sich gegen die Kabinenwand.

„Was ist nur mit mir los?“

An ihrem freien Tag lief Frankie durch ihre Wohnung, ohne Plan, was sie tun sollte, ständig kreisten ihre Gedanken um Jamie. Sie versuchte alles Mögliche, um sich abzulenken. Stundenlang putzte sie die Wohnung, wusch die Wäsche und erledigte den liegen gebliebenen Papierkram.

Sie fing an, ein Fachjournal zu lesen, doch was sie las, hatte sie sofort wieder vergessen.

Frankie zog sich ihre Laufschuhe an und lief bis zur Erschöpfung. Müde und kaputt fiel sie am Abend ins Bett.

Den ganzen Tag hatte sie sich darauf gefreut, Jamie wiederzusehen. Ständig hatte sie auf die Uhr geschaut, selbst die allwissenden Blicke von Kim ignorierte sie gekonnt.

Doch als sie ins Krankenzimmer kam, war blieb sie abrupt stehen, als sie sah, wie vertraut die Brünette auf Jamies Bett saß und sie dabei anlächelte. Sie merkte, wie sich ihr Herz schmerzhaft zusammenzog, konnte aber nicht darauf eingehen. Denn als sie hörte, was Jamie sagte, traf es sie wie einen Schlag.

Du wirst wütend? Warum eigentlich? Es war doch klar, dass eine Frau wie Jamie kein Single ist.

„Oh mein Gott, ich war nicht wütend. Ich war eifersüchtig." Frankie hielt sich vor Schreck die Hand vor den Mund.

Frankie war noch nie eifersüchtig gewesen. Ihre Beziehungen gingen nie tief genug und hatten ihr auch noch nie so viel bedeutet. Sie spürte, wie sie die Kontrolle über ihre Gefühle verlor und Emotionen an sich selber wahrnahm, die ihr bisher fremd waren.

Die Freude, wenn sie wusste, dass sie gleich zu Jamie ins Zimmer gehen würde, so etwas war ihr bisher fremd gewesen. Wenn sie nicht abgelenkt war, kreisten ihre Gedanken ununterbrochen um die Polizistin.

Und das unkontrollierbare Herzrasen, sobald sie mich ansieht!

Eine Stimme in ihrem Hinterkopf schrie, dass sie dabei war, die Kontrolle über ihre Gefühle zu verlieren. Die ständigen Erinnerungen und Bilder, in denen nur noch Jamie vorkam, verwirrten und beunruhigten sie zutiefst.

Sie atmete tief durch. Sie hatte in ihrem Leben bereits einmal die Kontrolle verloren, und das hatte sie jahrelang tiefer und tiefer in einen Abgrund stürzen lassen. Sie war beinahe daran zerbrochen, und das durfte kein weiteres Mal passieren.

Sie musste die Kontrolle behalten, und diese Frau war eine Gefahr.

Ein Risiko, das sie nicht eingehen durfte.

Als sie aus der Fahrstuhltür trat, ging Beverly an ihr vorbei. Schnell lief sie zu ihr hinüber.

„Beverly, hast du kurz einen Moment?“

„Ja klar, worum geht es?“

„Kannst du mir eine Patientin abnehmen?“

KAPITEL 24

Das laute Klirren des Bestecks ließ sie aufschrecken. Beverly schaute verwirrt von Frankie zu Kim, die wiederum mit ihrem Blick Frankie zu erdolchen versuchte.

„Du hast nicht mehr als fünf Sätze gesagt, seitdem du hier bist."

„Ich bin müde und kaputt, das ist alles."

„So ein Schwachsinn!"

Jetzt war es an Frankie, Kim wütend anzustarren. Beverly konnte die Luft vor Anspannung knistern hören. Sie nahm die leere Weinflasche und ging in die Küche.

Kim überlegte angestrengt, was es sein könnte, das ihre beste Freundin so aus der Bahn warf. Es gab zwar allgemeine Veränderungen, doch diese betrafen auch andere Mitarbeiter des Krankenhauses. Und nichts davon hatte so drastische Auswirkungen, dass es einen gleich so aus der Spur brachte.

Nichts, bis auf … „Es ist die Patientin von dir, oder?"

Erschrocken sah Frankie Kim an.

„Frankie, was ist es?"

Wozu sollte sie lügen? Kim war dabei gewesen. Ablenken konnte sie den Sturkopf sowieso nicht. Außerdem war sie ihre einzig wahre Freundin, ihr konnte sie alles erzählen, und die Rothaarige wusste auch alles von ihr.

„Das Dumme ist, dass ich es nicht weiß. Ich meine, ich fühle, dass da etwas zwischen uns ist. Aber ich weiß nicht, wie sie das sieht."

Kim fing laut an zu lachen. „Frankie, ich war dabei. Ich habe es gesehen, und glaub mir, so wie sie dich ansah, hat sie Interesse an dir."

„Interesse an wem?" Beverly kam herein und füllte die Weingläser auf.

„Frankies Patientin."

„Welche Patientin?"

„Kurze schwarze Haare, widerspenstige Locken. Sexy dunkle Augen und volle Lippen." Kim sah Beverly an. „Aber nicht, dass ich das bemerkt hätte. Ich weiß das natürlich nur aus Frankies Erzählungen."

Kim zog Beverly an sich und gab ihr einen Kuss. „Mir ist das egal. Du bist die Einzige, die ich will. Ich liebe nur dich."

„Ich weiß und ich liebe dich auch. Warte, Moment, ist es die Patientin, die ich dir abnehmen sollte, Frankie? Also nicht, dass ich genau hingesehen hätte." Nun war es Beverly, die Kim angrinste.

„Touché. Aber ich glaub das jetzt nicht, Frankie. Warum hast du das getan?"

Frankie atmete einmal tief durch, schloss kurz die Augen und fing an, zu erzählen: „Schon wenn ich weiß, dass ich gleich zur Untersuchung auf ihr Zimmer muss, fängt mein Herz an zu rasen, mein Hals ist schlagartig trocken wie eine Wüste und meine Hände werden zittrig und feucht. Wenn sie mich anguckt, sich unsere Blicke treffen, habe ich das Gefühl, in ihren Augen zu versinken. Aber das macht mir keine Angst, es zieht mich geradezu hinein und alles in mir schreit danach, dem nachzugeben, einfach zu ihr zu gehen und sie zu küssen. Verrückt, oder?"

Frankie schüttelte über sich selber den Kopf. „Was mir aber Angst macht: ich kann das alles gar nicht einordnen, ich begreife nicht, was mit mir passiert."

Sie schloss nun für kurze Zeit die Augen, so als müsse sie sich sammeln. „Und dann war da diese Frau bei ihr, eine brünette, gut aussehende Frau. Die beiden wirkten sehr vertraut. Sie saß bei Jamie auf dem Bett am Fußende, als ich zum Verbandscheck zu ihr wollte. Als ich reinkam, sagte Jamie gerade: „Gott, ich liebe dich." Tolles Timing, oder, das ich da hatte?" Jetzt seufzte Frankie resignierend: „Wie ihr seht, hat sie eine Freundin."

„Und wenn es gar nicht ihre Freundin ist? Schon einmal darüber nachgedacht?" Kim konnte es nicht fassen, wie leicht sich ihre Freundin ins Bockshorn jagen ließ.

„Wieso sollte es nicht ihre Freundin sein? So vertraut, wie die beiden waren?"

„Für eine Doktorin bist du nicht sehr schlau. Nun stell ich dir mal ein paar Fragen." Während Kim das sagte, nahm sie eine Körperhaltung ein, die der einer Professorin in einer wichtigen Vorlesung glich.

Oh je, fehlen nur das Rednerpult und eine Tafel für wichtige Notizen. Was jetzt wohl kommt?, schoss es Frankie durch den Kopf.

„Stell dir vor, du liegst im Krankenhaus und ich besuche dich. Würde ich mich brav auf den Besucherstuhl setzen oder zu dir aufs Bett?"

„Bett?"

Kim nickte bestätigend.

„Okay, wir alle wissen, wie die Leute im Krankenhaus rumheulen, wenn es um das Essen dort geht. Du sagtest selbst, dass sie gerade irgendetwas gegessen hat. Wäre es vielleicht möglich, dass sie es nur wegen des Essens sagte? Ich habe das schon oft genug gehört, wenn jemand etwas Leckeres von außerhalb mitgebracht hat. "

Kim griff über den Tisch, nahm Frankies Hand und drückte sie leicht.

„Kann es sein, dass du nur das gehört hast, was du hören wolltest? Um es dir einfach zu machen."

Frankie dachte angestrengt nach und sie wusste, dass Kim recht hatte.

„Trotzdem habe ich Angst.“

„Wovor, Frankie? Ich habe noch nie erlebt, dass du die Kontrolle verloren hast. Was spricht dagegen, ein bisschen Spaß zu haben? So wie ich das sehe, findet ihr euch körperlich anziehend. Wenn du bisher jemanden anziehend gefunden hast, hattest du auch deinen Spaß.

Der Unterschied hierbei ist nur, dass du nicht gleich mit ihr ins Bett gestiegen bist und dass du sie jetzt schon ein paar Mal gesehen hast. Mach dir da keine Gedanken. Es ist alles halb so wild. Was spricht gegen ein bisschen Spaß mit ihr? Das ist doch bis jetzt alles harmlos.

Und nur weil da jemand anderes war und du sie in diesem Moment nicht allein für dich haben konntest, warst du halt sauer. Es ist doch alles ganz zwanglos gewesen bisher. Zerbrich dir nicht den Kopf, lass es einmal im Leben auf dich zukommen.“

Vielleicht hatte Kim ja recht. Es war eine rein körperliche Anziehung, die Symptome waren die der Vorfreude und auch die ihrer Fantasie.

Ja, es war definitiv auch ihrer lebhaften Fantasie geschuldet, dass sie so neben sich stand. Die Vorstellungen über das, was sie mit Jamie tun wollte, was sie zusammen machen würden, brachte ihr Blut in Wallung. Kims Ausführungen ließen in ihr ebenfalls die Denkweise aufkommen, dass es lediglich körperliche Anziehung sei und die Hormone schuld daran wären. Alles würde sich wieder normalisieren, wenn sie miteinander im Bett gewesen wären.

Frankie drehte ihr Weinglas in der Hand und starrte auf die Wellen, die sich durch die Bewegung auf der Oberfläche des Weines bildeten. „Ich werde morgen früh mal zu ihr gehen.“

„So ist es richtig", bestätigte Kim diese Entscheidung und zeigte dabei ein selbstzufriedenes Lächeln. „Und, Ladys, was machen wir heute Abend noch?"

Sie redeten stundenlang über verschiedenste Themen. Frankie war am Ende des Abends vollends überzeugt, dass alles nichts zu bedeuten hatte, außer der körperlichen Anziehung. *Genau! Es ist nur körperliche Anziehung. Mein Körper will diese Frau!*

Es wurde spät, und nachdem die beiden Frankie an der Tür verabschiedet hatten, drehte sich Beverly zu Kim um.

Beverly legte ihren Arm um Kims Hüfte und ging mit ihr lachend ins Wohnzimmer. „Wann glaubst du, merkt sie, dass sie sich verliebt hat?"

„Ich hoffe erst, wenn es zu spät ist und sie nicht mehr zurück kann. Sie hätte es verdient."

KAPITEL 25

Frankie atmete tief durch, tausend Fragen schossen durch ihren Kopf, als sie auf dem Weg zu Jamies Zimmer war. Was sollte sie sagen? Wie sollte sie das Gespräch anfangen? Wie könnte sie am unauffälligsten herausfinden, wer die Brünette war?

Okay, ein Schritt nach dem anderen. Ich bin Ärztin, ich fange mit der Untersuchung an. Frankie schaute auf ihre Hände. *Shit, ich habe noch nicht einmal die Krankenakte dabei.*

Umkehren und die Unterlagen holen oder hineingehen, das war hier die Frage. Sie entschied sich für Letzteres, nun war sie ja bereits hier, nicht dass ihr Pieper losging und sie den ganzen Tag keine Zeit mehr finden würde, um mit Jamie zu sprechen.

Sie klopfte selbstbewusst an die Tür und trat ein. Das Zimmer war leer. Sie blickte sich um, sah ein neues Bett mit frischer Plastikfolie bezogen. Die Luftballons und die restlichen Geschenke waren auch fort.

Sie ging zum Schwersternzimmer. „Schwester Etheridge, wo ist die Patientin Johnson?“

„Sie wurde heute Morgen entlassen.“

„Entlassen? Wieso wurde sie entlassen? Es ist doch noch viel zu früh. Frühestens ab morgen hätte man über eine Entlassung überhaupt *reden* können.“

Schwester Etheridge wandte sich wieder ihren Akten zu und antwortete gelangweilt: „Fragen Sie nicht mich, ich bin hier nur die Krankenschwester. Befragen Sie hierzu", sie schaute kurz auf das Brett, das an der Wand hing, „Dr. Allred. Sie hat die Entlassungspapiere unterschrieben."

Frankie war kurz davor, zu platzen. Sie presste die Worte nur noch heraus: „Würden Sie dann bitte Dr. Allred anpiepen. Oder ist das zu viel verlangt?"

Ohne auf eine Antwort zu warten, ging sie aus dem Zimmer.

Sie fragte sich, warum Jamie so übereilt entlassen worden war und warum ihr Beverly nicht Bescheid gegeben hatte. Was war schiefgelaufen?

„Du hast Glück. Beeil dich, ich muss in zehn Minuten im OP sein", sagte Beverly gehetzt.

„Wieso wurde Jamie Johnson bereits entlassen?" Frankie hatte keine Lust, um den heißen Brei herumzureden, sie war stinksauer.

„Oh, das." Beverly schaute Frankie bedrückt an.

„Ja, genau das! Also?" Mehr gab es nicht zu sagen, sie wollte Antworten.

„Hör zu, Frankie. Ich wollte dir Bescheid geben. Aber hier war die Hölle los, ich habe es einfach vergessen. Kaum war ich aus dem OP raus, wurde ich schon zum nächsten Notfall gerufen."

Beverly tat es unheimlich leid, sie hatte Frankie anpiepen lassen und es ihr sagen wollen. Aber sie hatte gerade erst die Visite am Morgen beendet, da kamen auch schon die ersten Notoperationen dazwischen, sodass sie es vergessen hatte. Ihre Konzentration war stets ganz auf die Patienten gerichtet und damit waren andere, nicht lebensbedrohliche Situationen aufs Abstellgleis geschoben.

Am Anfang ihrer Beziehung hatte Kim teilweise mit Enttäuschung darauf reagiert, wenn Beverly etwas Wichtiges vergaß. Aber sie begriff schnell, dass ihre Frau den Beruf als Lebensaufgabe ansah, nicht einfach nur als Notwendigkeit, um Geld nach Hause zu bringen. Als Kim ihr eines Tages gesagt hatte, dass sie sie verstehen und in ihren Entscheidungen immer unterstützen würde, kam von diesem Augenblick an für sie selbst ein weiterer neuer Grund zu all den anderen hinzu, weswegen sie die zierliche rothaarige Schönheit abgöttisch liebte.

Erst gestern hatten sie über Frankies Patientin geredet, und jetzt war Jamie Johnson weg, vorzeitig entlassen, auf eigenes Risiko.

„Sie wurde auf eigene Verantwortung entlassen."

Frankie wollte etwas erwidern, doch Beverly hielt die Hand hoch.

„Hör zu, ich hatte keine andere Wahl. Sie sagte, ich zitiere: ‚Entweder bringen Sie mir diesen verdammten Wisch, oder ich gehe ohne'. Entschuldige Frankie, aber ich muss jetzt los."

Francesca sah Beverly perplex hinterher. Warum wollte Jamie früher gehen?

Verdammt, was mache ich jetzt? Soll ich sie einfach anrufen? Aber mit welcher Begründung?

Sie fragte sich, was das überhaupt für Gedanken waren. Jamie war weg und so war es besser. Ihr Problem hatte sich von alleine gelöst. Noch einfacher ging es nicht. Eigentlich sollte sie glücklich darüber sein, aber sie fragte sich, warum sie keine Erleichterung verspürte, ganz im Gegenteil. Frankie zwang sich, nicht weiter darüber nachzudenken, mit der Zeit würde auch das Gefühl des Unwohlseins verschwinden.

KAPITEL 26

Zwei Wochen war es nun her, dass Jamie das Krankenhaus verlassen hatte.

Vor einer Woche waren auch endlich ihre Eltern nach Hause gefahren und sie war froh darüber. Ihre Mutter hatte sie schier in den Wahnsinn getrieben. Nicht dass sie es gestört hatte, die Wohnung so sauber wie nie zuvor zu sehen, aber die Fürsorge war doch zu viel gewesen.

Coopers Besuche nervten sie auch schon und Jess hatte sich, als ihre Mutter noch da war, jeden Abend selbst zum Essen eingeladen. Jamie war die ganze Zeit über unruhig und zickte jeden an. Bis sich eines Abends ihre Mutter vor sie hinstellte, sie zusammenstauchte und sie sich anschließend fühlte, als wäre sie wieder zwölf Jahre alt.

Innerlich brodelte sie und das konnten auch alle an ihrem Gesichtsausdruck erkennen, aber es kam kein Wort über ihre Lippen. Sie war mittlerweile wütend auf Frankie.

Spürt sie das denn nicht zwischen uns beiden? Erst kommt sie fast jeden Tag vorbei und dann schiebt sie mich ab und verschwindet einfach so. Und das ganze ohne jegliche Vorwarnung!

Ich bilde mir das doch nicht alles ein!

So leicht lasse ich mich nicht abspeisen!

Wenn Jamie morgens im Krankenhaus aufgewacht war und wusste, dass ihre Ärztin gleich durch die Tür kommen musste, hatte ihr Herz angefangen, schneller zu schlagen.

Die Tage im Krankenhaus hatten sich gezogen und Jamie hatte praktisch nichts, was ihr half, die Stunden zu überbrücken. Die Besuche der anderen Cops waren eine nette Abwechslung, doch auch diese gingen viel zu schnell wieder vorbei und sie blieb allein zurück.

Nachdem Cooper sich nach einer langen Diskussion geweigert hatte, ihr Akten mitzubringen, konnte sie nur den ganzen Tag fernsehen und ein bisschen spazieren gehen. Der Höhepunkt des Tages war es gewesen, wenn Frankie zum Verbandswechsel ins Zimmer kam und sie anlächelte.

Sofort wenn Frankie mit der Untersuchung begann, sie nur berührte, um den Pflasterverband abzunehmen, fühlte Jamie, wie ihr das Blut in den Adern pulsierte. Sobald die blonde Ärztin die Wunde genauer ansah und abtastete und hierbei die Haut ihres Beckens berührte, zog es heiß durch ihren Unterleib und das Pochen des Blutes war deutlich zwischen ihren Schenkeln zu spüren.

Diese Minuten waren jeden Tag Folter und süße Qual zugleich, und das Wissen hierum turnte Jamie an.

Die Enttäuschung war groß, als an besagtem Morgen die Tür aufgegangen war und eine andere Ärztin hereinkam.

Auf Jamies Frage, wo denn Dr. Campell sei, hatte sie ihr die Antwort gegeben, dass sie ab sofort Jamies Behandlung übernehmen würde, da Dr. Campell genug anderes zu tun hätte. Jamie war vollkommen perplex gewesen, sie fühlte sich plötzlich abgeschoben und schnell war aus ihrer Enttäuschung, die Frankies unvermittelter Rückzug in ihr ausgelöst hatte, Wut geworden.

Jamie hatte nochmals überlegt: *Was ist nur passiert?* Sie verstand die Welt nicht mehr. *Ich muss hier raus!*

Sie wollte nicht länger im Krankenhaus bleiben. Sie wollte nach Hause, sich dort auskurieren. Im Krankenhaus konnte sie nicht mehr schlafen, ständig wachte sie auf. Sie fragte sich die ganze Zeit, wieso der Arztwechsel stattgefunden hatte. Ihr letzter Gedanke vor dem Einschlafen war der an Frankie gewesen und ebenso der erste am Morgen. Sie wurde immer wütender, immer wütender auf sich selbst. Frankie hatte sie abgeschoben, und sie dachte jede freie Minute an sie.

Am letzten Morgen ihres Aufenthaltes hatte sie die Schnauze voll gehabt. Ihr Temperament, und in diesem speziellen Fall auch ihre mangelnde Selbstkontrolle, brachten dann das Fass zum Überlaufen. Nach einer langen Auseinandersetzung und letztendlich einer Drohung, die sie gegenüber der behandelnden Ärztin ausgesprochen hatte, konnte sie das Krankenhaus auf eigene Verantwortung verlassen.

Es wurde zu Hause jedoch nicht besser. Sie erholte sich zwar körperlich, aber in ihrem Kopf tobte ein wahrer Hurrikan.

Fühlte Frankie auch diese Verbindung, wenn sie einander ansahen? Ging es ihr auch so, dass der Hintergrund verschwamm, die Geräusche der Umgebung verstummten und das Gefühl sich einstellte, dass einzig dieser Moment zählte? Nur sie beide, als wären sie die einzigen Menschen auf der Welt? Falls es so war, warum hatte Frankie sich so überraschend von ihr abgewendet?

Jamie fand keine Antworten auf diese Fragen und das machte sie unruhig. Es setzte ihr zu, dass sie in den letzten Tagen mit ihrem wachsenden Verlangen kämpfen musste, ohne in diesen Augenblicken die Chance auf Erfüllung zu haben.

Der Unmut über diese ungeklärte Handlungsweise kam erneut hoch.

Sie grübelte, ob sie Frankie durch irgendeine Geste unter Druck gesetzt haben könnte oder ob sie einfach etwas falsch gemacht hatte.

Sie fasste einen Entschluss, sie wollte, nein, sie brauchte Antworten auf ihre Fragen, alleine schon für ihr Seelenheil. Es war der Detective in ihr, der offene Fragen nicht hinnehmen konnte.

Sie erhob sich vom Sofa, nahm ihre schwarze Lederjacke vom Stuhl, den Schlüssel aus der Obstschale und machte sich auf den Weg, um Antworten auf ihre Fragen zu finden.

KAPITEL 27

Jamie stand vor dem Eingang der Notaufnahme und starrte seit geschlagenen zehn Minuten auf die Tür. Ihre Hände zitterten leicht und waren feucht durch ihre Nervosität. Sie wischte die Handflächen an ihrer Jeans ab und fragte sich, was sie hier überhaupt tat. War das nicht ein bisschen übertrieben? Sollte sie nicht besser umdrehen? Würde sie für eine Stalkerin gehalten werden?

Feigling, schrie etwas in ihrem Hinterkopf, sie wollte Antworten und sie würde auch welche bekommen. Sie versuchte, sich wieder an ihre Wut zu erinnern und diese kam sofort hoch. So war es einfacher und sie würde keinen Rückzieher machen. Mit festen Schritten ging sie in die Notaufnahme.

Das Erste, was ihre Sinne wahrnahmen, war der Geruch von Desinfektionsmittel und Blut. Sie hörte Husten, Kindergeschrei und schmerzvolles Stöhnen. Ihr Magen drehte sich um, als sie sah, wie voll die Notaufnahme war. Sie sah sich um und ging zum Empfang.

Die Krankenschwester hinter dem Tresen blickte nicht auf.

Jamie versuchte, mit einem Räuspern auf sich aufmerksam zu machen, aber nichts geschah. Im Hintergrund sah sie hektisches Treiben, doch nichts schien die Frau hinter dem Empfangstresen aus dem Konzept zu bringen.

„Mein Name ist Jamie Johnson, ich möchte Dr. Campell sprechen.“

Ohne aufzublicken, fragte die Krankenschwester: „Haben Sie einen Termin?“

Zumindest angucken könnte sie mich. „Nein.“

„Dann kann ich Ihnen nicht weiterhelfen. Sie müssen, wie jeder andere auch, die Formulare ausfüllen und warten.“

Jamies Augen blitzten vor Unmut über dieses Verhalten. Sie kannte es nicht, dass man sie nicht ansah, wenn man mit ihr redete. „Es wäre trotzdem höflich, wenn Sie mich ansehen würden, wenn Sie mit mir sprechen. Es ist nämlich wichtig, dass ich Dr. Campell erreiche.“

Die Krankenschwester hob den Kopf, aber in ihren Augen fand Jamie dieselbe Gleichgültigkeit, die auch ihrer Stimme zu entnehmen war. „Ist es privat?“

„Ja!“

„Ist es ein Notfall?“, kam es knapp, aber mit leicht genervtem Unterton von ihrem Gegenüber.

„Ja, nein, irgendwie nicht.“

Jamie sah, wie die Krankenschwester sich zurückhalten musste, um nicht die Augen zu verdrehen. „Ist es nun ein Notfall oder nicht?“

„Nein, es ist kein Notfall, es ist etwas Privates.“

„Dr. Campell ist im OP, und solange es kein Notfall ist, kann sie nicht jeder nach Belieben anpiepen.“ Jetzt schaute sie sich Jamie genauer an, ihre Augenbrauen zogen sich zusammen. Jamie sah, wie die Person ihr gegenüber misstrauisch wurde.

„Da es kein medizinischer Fall ist, sondern etwas Privates, mache ich Ihnen einen Vorschlag. Sie gehen zur Information in den ersten Stock, den Weg kennen Sie bestimmt. Dann sagen Sie oben, dass die Kollegen bitte Dr. Campell anpiepen sollen. Da Sie vermutlich auf der Liste der Personen stehen, die Dr. Campell freigegeben hat, dürfte es kein Problem sein, und sobald sie Zeit hat, wird sie Sie kontaktieren.“

„Ich stehe nicht auf der Liste, aber … “ Weiter kam Jamie nicht.

„Es gibt kein Aber, dann kann ich Ihnen auch nicht weiterhelfen. Hören Sie, wir haben hier sehr strenge Sicherheitsvorschriften.“

„Können Sie mir wenigstens sagen, wann sie Feierabend hat?“

„Nein!“ Damit stand die Krankenschwester auf und ging.

Einen tollen Plan hattest du, Jamie!

Sollte sie hier stundenlang herumsitzen und hoffen, dass ihr Frankie durch Zufall über den Weg lief? Welche Optionen hatte sie sonst? Sie könnte ihre Marke herausholen und dann würde man auf ihr Verlangen hin Dr. Campell sofort anpiepen. Aber das konnte Jamie nicht bringen, es war etwas Privates, und für so etwas würde sie ihre Dienstmarke nicht missbrauchen. Sie ließ die Schultern hängen, drehte sich um und wollte gerade gehen.

„Um acht.“

Jamie drehte sich um, sie war sich nicht ganz sicher, ob sie gemeint war. Hinter dem Tresen, etwas weiter entfernt, stand eine kleine rothaarige Frau und lächelte Jamie an. Jamie wusste nicht, wie viel die Frau mitbekommen hatte, sie hatte sie gar nicht bemerkt. Zu sehr war sie auf die andere Krankenschwester fixiert gewesen. Aber sie kam ihr irgendwie bekannt vor, Jamie konnte nur absolut nicht sagen, woher.

„Wie bitte?“

Kim lächelte Jamie an. „Ich sagte, sie hat um acht Feierabend.“ Mit einem Klemmbrett in der Hand machte Kim sich auf den Weg zum nächsten Patienten. „Wenn nichts dazwischenkommt.“

Die Rothaarige war schon fast verschwunden, aber Jamie schaffte es gerade noch, ein Danke hinterherzurufen.

KAPITEL 28

Als sich die Tür der Notaufnahme hinter ihr schloss, blieb Frankie stehen und atmete einmal tief durch. Die Schicht war anstrengend gewesen und sie spürte ihre verspannten Muskeln. Aber genau das war es, was sie glücklich machte.

Viele Kollegen beschwerten sich irgendwann im Laufe der Zeit wegen der Arbeitsbedingungen oder sie nörgelten über die permanente Unterbesetzung, doch sie nicht. Für Frankie war es die einzige Sache, die sie in ihrer inneren Leere erfüllte. Der Beruf war ihr Lebensinhalt geworden, sie war in der Position, etwas zu geben, und nicht wie früher, zu zerstören.

An Tagen, an denen das Leben auf des Messers Schneide stand, sie alles gab und der Patient überlebte, war es für sie eine Befreiung und ein Glücksgefühl, dass sie etwas zum Guten verändern konnte. Es machte ihr auch nichts aus, so wie heute eine Stunde länger zu bleiben, zu Hause wartete ohnehin niemand auf sie.

Sie drehte sich nach links und wollte gerade losgehen, da spürte sie, wie sich ihre Nackenhaare aufstellten. Sie kannte diese Signale in- und auswendig, jemand beobachtete sie. Aber dieses Mal war es anders. Es fühlte sich nicht so an wie sonst, nicht bedrohlich.

Nein, sie hatte keine Angst. Sie blickte sich um, doch es war schon zu dunkel, um etwas Genaueres ausmachen zu können. Ihr Blick blieb auf der gegenüberliegenden

Straßenseite hängen. Sie kniff die Augen zusammen und sah, dass sich ein Schatten bewegte. Er kam direkt auf sie zu. Als sie durch die Straßenbeleuchtung erkannte, dass es Jamie war, stockte ihr der Atem.

Jamie schaute sie direkt an und Frankie konnte den Blick nicht von ihr abwenden. Sie war viel zu sehr davon fasziniert, mit welchem Selbstbewusstsein sich Jamie bewegte. Ihre langen, schlanken Beine machten große Schritte, während sie die Straße überquerte, ihr Blick war die ganze Zeit über auf Frankie gerichtet. Frankies Pulsschlag beschleunigte sich mit jedem Schritt, den Jamie auf sie zu kam. Die Geschmeidigkeit, Selbstsicherheit und Stärke, die Jamies Bewegungen ausstrahlten, hypnotisierten Frankie geradezu.

Als Jamie vor ihr stehen blieb, sagte keine von beiden ein Wort. Es war, als würde die Zeit stillstehen, es gab in diesem Augenblick nur sie beide. Über Jamies Lippen huschte ein schüchternes Lächeln und Frankie zog scharf die Luft ein.

„Hallo."

Frankie hatte Angst, dass ihre Stimme sie verraten würde. Sie versuchte, ein möglichst selbstsicher klingendes „Hallo" über ihre Lippen zu bringen. Sie fand es überzeugend.

„Ich wollte mich für alles bedanken, was Sie für mich getan haben."

„Ms. Johnson … "

„Nein, bitte nennen Sie mich Jamie."

„Okay, dann nenn du mich bitte auch Frankie. Du brauchst dich nicht zu bedanken. Wie du selbst weißt, und es anderen in ähnlichen Situationen wahrscheinlich auch schon selbst oft genug gesagt hast, es ist mein Job, Jamie."

Jamie fuhr es durch Mark und Bein, als sie das erste Mal hörte, wie Frankie sie beim Vornamen nannte. Verschiedene Bilder spielten sich in ihrem Kopf ab. Frankie lachend ihr gegenüber, Frankie schlafend in ihrem Bett und wie sich Frankies Lippen bewegten, wenn sie beim Sex laut ihren Namen schreien würde.

Jamie wurde durch ihre Libido so abgelenkt, dass sie gar nicht mitbekam, was Frankie zu ihr sagte, und sie errötete, weil es ihr unangenehm war, dass sie nicht aufgepasst hatte.

Jamie war die Situation zu peinlich, sie überlegte schnell, was sie sagen oder tun sollte, um die Verlegenheit loszuwerden.

„Darf ich dich zum Auto begleiten? Es ist schon spät und dunkel, ich würde mich besser fühlen, wenn ich sehe, dass du sicher im Auto sitzt."

„Ich bin ohne Auto hier."

„Was? Das ist doch viel zu gefährlich!"

Frankie musste lachen, Jamies Stimmungsausbruch kam überraschend und war zu lustig, weil er ihr ein wenig überzogen schien.

„Detective, ich wohne zehn Minuten von hier entfernt und diese Gegend ist nicht gerade gefährlich. Wenn ich weiß, dass es später wird, habe ich schon mein Auto dabei."

Jamie schaute sich um, um ihre Aussage noch zu verstärken. Es blieb ihr nur noch eine Möglichkeit, damit dieser Abend nicht zu schnell zu Ende ging.

Was soll's, was habe ich schon zu verlieren? Jamie straffte sich innerlich, bevor die Frage über ihre Lippen kam: „Darf ich dich nach Hause begleiten?"

Sie scharrte mit der Fußspitze über den Boden und traute sich nicht aufzuschauen. „Ich würde mich dann besser fühlen, wenn ich weiß, dass du sicher zu Hause angekommen bist." *Gott, wie lahm klingt das denn jetzt?* Die Polizistin wäre am liebsten im Erdboden versunken.

„Einverstanden", kam es aber überraschend von ihrem Gegenüber.

Jamie sah schnell nach oben und blickte in amüsierte Augen.

„Wenn es darum geht, dass du dich besser fühlst."

Sie hat mich durchschaut oder sie macht sich über mich lustig.

Frankie freute sich. Natürlich war ihr aufgefallen, dass das Treffen nicht zufällig war. Jamie hatte sie offenbar abgepasst und es sah danach aus, dass sie nun einen Weg suchte, die Zeit mit ihr in die Länge zu ziehen. Frankie war diese Erkenntnis verblüffenderweise nicht unangenehm, als ihr das klar wurde.

Frankie wollte selber aber auch nicht, dass dieses Aufeinandertreffen schon endete, jeder Vorschlag wäre ihr daher recht gewesen. Doch Jamies schüchternes Verhalten und ihre freudige Reaktion, als sie zusagte, ließen ihr eigenes Herz schneller schlagen. Keine der beiden Frauen brachte ein Wort über die Lippen, bis Frankie sich einen Ruck gab und losging.

Sie gingen nebeneinander her, und noch immer schwiegen beide. Viel zu sehr waren sie in ihre eigenen Gedanken vertieft.

Jamie schaute immer wieder zu Frankie hinüber, sah, wie es hinter ihrer Stirn arbeitete und sich eine kleine Falte zwischen den Augenbrauen bildete. Sie war kurz davor, ihre Hand auszustrecken, um diese mit dem Daumen wegzustreichen. Jamie vergrub ihre Hände in den Hosentaschen, sie traute ihnen nicht.

Vor Frankies Wohnungseingang blieben sie stehen.

„Danke. Ich hoffe, es geht Ihnen jetzt besser, Detective." Frankie drehte sich um und wollte hineingehen.

„Wofür steht Frankie?"

Sie sah, wie Frankie überlegte. Es sah so aus, als ob sie abwägen würde, was sie sagen sollte, und Jamie verstand nicht, was so schwierig an dieser Frage war.

Die Erkenntnis, dass sie viel mehr über diese Frau erfahren musste, sie näher kennenlernen wollte, war so gegenwärtig und greifbar, dass es sie selbst erschreckte. Sie war aufgewühlt. Woher kamen diese Gedanken?

„Francesca. So hieß meine Großmutter."

„Puh, Glück gehabt. Stell dir vor, sie hätte Henrietta geheißen."

Nun lachte Frankie, und Jamie war froh, dass sie sie zum Lachen bringen konnte. Als Frankie mit dem Lachen aufhörte, schaute sie Jamie tief in die Augen. Jamie wollte sich verabschieden und hob die Hand, um noch kurz zu winken.

Frankie hielt kurz inne und spürte dem nach, was ihr Innerstes ihr schon fast entgegenschleuderte. Sie konnte nicht anders, und sie wollte es auch nicht, sie wollte Jamie noch nicht gehen lassen und den Abend so beenden. Sie war auf dem Weg nach Hause die ganze Zeit damit beschäftigt gewesen, eine Möglichkeit zu finden, wie sie den Abschied noch hinauszögern konnte.

Das Schweigen, während sie nebeneinanderher liefen, störte sie überhaupt nicht. Es fühlte sich gut an, als hätten sie es schon Hunderte Male gemacht. Einfach die Nähe der anderen genießen, wissen, dass sie da war, weniger als eine Armlänge entfernt. Immer wieder hatte sie aus dem Augenwinkel verstohlen Jamies Lippen betrachtet. Als sie sah, dass Jamie die Hand hob, um sich zu verabschieden, wusste sie nicht, warum sie das tat, aber sie musste es tun.

Sie legte ihre Hand auf Jamies Schlüsselbein, packte das T-Shirt und zog sie an sich. Als sich ihre Lippen berührten, traf es sie wie ein Blitz. Hitze durchschoss ihren Körper von den Haarspitzen bis zu den Fußsohlen und sie fühlte sich mit einem Mal wie gelähmt, als hätte die eigene Hitze sie am Boden festgeschweißt.

In Frankies Kopf drehte sich alles und ihr Herz schlug so laut, dass sie Angst hatte, Jamie könnte es hören.

Ihre Lippen waren so weich und gleichzeitig so köstlich. Es hatte etwas von der Weichheit, wie wenn warmes Wasser einem über die Lippen läuft, und der Geschmack erinnerte sie an Ahornsirup. Es war ein regelrechtes Erlebnis, den Geschmack von Jamies Lippen zu erkunden, sie waren angenehm mild und süß und zugleich war da auch eine leicht herbe Note. Allein schon diese Sinneswahrnehmungen kratzten massiv an Frankies

Selbstbeherrschung. Sie spürte, wie Jamie ihre Lippen neckte, und im nächsten Moment wurde der Kuss leidenschaftlicher.

Mein Gott, kann die Frau küssen, dachte sich Frankie. Sie wollte Jamie am liebsten die ganze Nacht küssen.

Jamie unterbrach den Kuss und beide holten tief Luft. Jamies Körper bebte, und als sie sah, wie schnell sich Frankies Brustkorb hob und senkte, musste sie alle Vernunft und Willenskraft aufbringen, um nicht weiterzugehen. Sie wollte sie nicht hier und jetzt nehmen, gerade so, als würde sie über sie herfallen. Sie wusste aber, dass Frankie es zulassen würde, wenn sie jetzt weitermachte.

Doch sie wollte mehr, so viel mehr. Sie wollte Frankie in- und auswendig kennenlernen, wollte wissen, was sie mochte und was nicht. Sie wollte erfahren, wovor sie Angst hatte, was sie zum Lachen brachte und ob sie kitzelig war.

Als dieser letzte Gedanke kurz aufblitzte, prasselten die Vorstellungen nur so auf sie ein. Sie wollte die blonde Frau erkunden, in allen Facetten. Nicht nur ihren Körper, sie wollte ihr auch in die Seele blicken.

Jamie kam sich vor, als würde sie auf Entdeckungsreise gehen wollen. Nicht um allem Neuen gierig hinterherzuhasten, sondern um neu Gefundenes zu genießen, es wie ein kostbares Gut zu bewahren. Sie erkannte, dass Frankie in ihr irgendetwas verändert hatte.

Ihre Hände zitterten, als sie Frankies Wangen berührte. Sie waren weich wie Seide. Sie konnte nicht sagen, ob sie hier Stunden oder nur wenige Minuten standen. Zeit hatte keine Bedeutung mehr.

„Ich möchte dich morgen zum Essen ausführen“, sagte sie mit rauer Stimme.

Frankie schaffte es nur, zu nicken, ihre Augen wanderten immer wieder zu Jamies Lippen. Jamie ging einen Schritt zurück, um wieder ein wenig mehr Distanz aufzubauen, denn sie traute sich selbst nicht, als sie die Lust in Frankies Augen sah, weil sie in sich dasselbe, brennende Verlangen fühlte.

„Kann ich dich morgen um acht abholen?“

„Ja.“

Es war nur ein gehauchtes Ja und Jamie wusste, dass mit diesem Ja so viel mehr gemeint war als nur die Einladung zum Essen. Es war ein Ja, das alles versprach.

KAPITEL 29

„Verdammt! Ich bin doch kein pubertierender Teenager mehr!"

Jamie ärgerte sich über sich, wieder drehten ihr die Nerven durch und sie musste sich die feuchten Handflächen an den Hosenbeinen trocken wischen. Sie hatte das Gefühl, dass ihr Herz gegen ihre Rippen trommelte. Noch nie war sie so nervös gewesen.

Innerhalb von Sekunden wurde die Tür aufgerissen, nachdem sie geklingelt hatte, und dieses Mal setzte ihr Herz ein paar Schläge aus. Jamie fragte sich, wie sie diese Tortur überstehen sollte. Sie musterte Frankie von oben bis unten und wieder zurück.

Sie hatte eine tief ausgeschnittene dunkelblaue Bluse an, deren Farbe ihre strahlend blauen Augen noch stärker betonte. Der Ausschnitt der Bluse zeigte mehr, als dass er verhüllte. Die Polizistin fragte sich, ob Frankie diese mit Berechnung ausgesucht hatte, als sie ihren Blick über das Dekolleté und den Brustansatz gleiten ließ. Jamie musste schlucken, Hitze stieg in ihr auf. Ihr Blick wanderte zu der schwarzen Stoffhose und zu den eleganten, hochhackigen Schuhen, die Frankies lange Beine noch mehr zur Geltung brachten.

Als Jamie wieder hochblickte, sahen sich beide nur an. Es war, als wären ihnen die Worte abhandengekommen.

Sie wusste nicht, wie lange sie da standen, und es war ihnen auch egal. Es war, als würden sie sich gegenseitig in die Seele schauen. Das Knallen der Nachbarstür ließ die Frauen aus ihrer Trance erwachen und Jamie hielt schnell den Blumenstrauß hoch, den sie mitgebracht hatte.

„Danke." Frankies Hand zitterte, als sie den Blumenstrauß entgegennahm. „Komm kurz rein. Ich stell die Blumen schnell ins Wasser und dann können wir los."

Frankie ging vor und Jamie folgte ihr.

Es war ein schmaler Flur. Auf der rechten Seite befanden sich hohe Schränke, die bis zur Decke reichten. Links kam man gleich in die optisch ansprechende, in Chrom und Dunkelrot gehaltene Küche, in deren Mitte sich eine Kochinsel befand.

„Die Lilien sind wunderschön."

Frankie strahlte über das ganze Gesicht und Jamie musste sich zusammenreißen, um nicht zu ihr zu gehen und sie zu küssen.

„Komm, ich zeige dir die Wohnung."

Jamie konnte nur stumm nicken.

Die Blondine nahm Jamies Hand und zog sie mit sich. Diese war überrascht, denn Frankies Hand war stark und weich zugleich. Sie spürte das Bedürfnis, diese Hand nie wieder loszulassen.

„Wie unschwer zu erkennen", Frankie machte eine ausladende Handbewegung und zwinkerte Jamie kurz zu, „die Küche."

Hinter der Kochinsel befand sich die Essecke. Ein bis zur Decke reichendes, offenes Regal mit Büchern und Deko-Utensilien diente als Trennwand zum Wohnzimmer. Es war alles offen und hell gehalten und Jamie fühlte sich sofort wohl. Im Wohnzimmer stand ein schokoladenbraunes Sofa, des Weiteren gab es einen Sessel, einen weißen Tisch in der Mitte des Raumes und einen Fernseher, der an der Wand hing.

Jamie konnte sich vorstellen, wie sie beide zusammengekuschelt, auf dem Sofa sitzend, gemeinsam den Tag ausklingen ließen.

Was sie aber am meisten faszinierte, war die französische Tür, die auf eine Terrasse hinausführte. Als sie zusammen hinausgingen, konnten sie über die ganze Stadt blicken.

Die zweite französische Tür, die von der Terrasse in die Wohnung führte, erweckte Jamies Interesse und sie sah sofort, dass diese in Frankies Schlafzimmer führte, weil sie durch die Scheiben auf das große Bett blicken konnte.

Frankie zog sie wieder mit sich ins Innere der Wohnung und zeigte ihr das Arbeitszimmer. Am Ende des Flures blieb die blonde Frau vor der Schlafzimmertür stehen, nicht wissend, ob sie diesen Raum ihrem Gast zeigen sollte. Sie schaute Jamie an. Im selben Augenblick, in dem sie sprühende Funken der Begierde in deren Augen sah, wusste sie genau, dass sie es nicht mehr ins Restaurant schaffen würden, sobald sie diese Tür öffnete.

Jamie selbst unterbrach diesen knisternden Moment, indem sie Frankies Hand losließ und einen Schritt zurückging.

„Wir sollten los."

Frankie räusperte sich: „Ja, das sollten wir."

Jamie musste all ihre Willenskraft aufbringen, um Frankie nicht ins Schlafzimmer zu ziehen.

Sie wollte mit ihr schlafen und sie konnte Frankie ansehen, dass es ihr nicht anders ging, dass sie dasselbe wollte. Sie wusste, dass es ein einfaches Unterfangen gewesen wäre, dem Verlangen hier und jetzt nachzugeben, doch irgendetwas in ihrem Inneren wehrte sich dagegen.

Jamie fühlte sich anders als sonst. Sie wollte mehr, als nur dem körperlichen Verlangen nachzugeben, der puren Gier nach Sex. Sie wollte alles über Frankie erfahren, sie wollte sie wirklich bis in den letzten Winkel ihres Ichs kennenlernen. Und dies war neu für sie.

KAPITEL 30

Das italienische Restaurant war klein, das Licht gedämpft und auf jedem Tisch waren Kerzen angezündet. Als der Kellner kam, um sie zum Tisch zu bringen, legte Jamie ihre Hand auf Frankies Rücken und spürte sofort deren Anspannung.

„Alles in Ordnung?" Jamie schaute sie besorgt an.

Frankie wusste nicht, dass Jamie bemerkte, dass sie sich unwohl fühlte, sie konnte es eigentlich immer ganz gut verstecken. Aber als sie in die besorgten Augen schaute, nahm sie wahr, wie sich Wärme in ihrem Körper ausbreitete, und sie fühlte sich zum ersten Mal seit Jahren mit einem Menschen sicher.

„Ja, alles bestens." Es war eine Standardantwort, die sie immer gab, um schnell das Thema zu wechseln. Doch in diesem Augenblick meinte sie es auch so, wie sie es sagte.

Jamie spürte, wie Frankie sich entspannte, trotzdem nagte innerlich etwas an ihr, und dieses Etwas war geweckt worden durch die Anspannung, die sie einen Augenblick lang bei Frankie wahrgenommen hatte.

Sie machte sich die mentale Notiz, dass sie es irgendwie schaffen musste herauszufinden, warum Frankie sich einen Moment lang so versteift hatte, warum es fast so war, als wolle sie sich zurückziehen. Sie würde dieses Thema heute Abend nicht mehr ansprechen, doch sie wollte es zu gegebener Zeit wieder aufgreifen.

Zu gegebener Zeit? Sie lächelte innerlich. Eigentlich hätte sie der Gedanke abschrecken sollen, aber er tat es nicht.

Als Vorspeise bestellten sie sich Bruschetta. Der Kellner brachte ihnen eine Flasche kalifornischen Rotwein, einen Syrah-Shiraz, den sie vorher ausgesucht hatten, wobei Jamie bemerkte, dass sein Blick viel zu stark auf Frankie gerichtet war. Eifersucht machte sich in ihr breit und sie wurde grimmig. Sie griff schnell über den Tisch und nahm Frankies Hand.

„Ich hoffe, das Restaurant ist in Ordnung." Sie strich mit dem Daumen über Frankies Handrücken.

„Es ist sehr schön."

Jamies Augen gingen nach oben und sie sah, wie der Kellner auf ihre Hände starrte. Er guckte Jamie an und sie zeigte ihm ein siegessicheres Lächeln, wobei ihre Augen sagten: Sie gehört mir.

Der Kellner verabschiedete sich höflich, aber mit leicht gereiztem Unterton.

Frankie fing an zu lachen, es war ein schönes Lachen, welches Jamie gerne öfter hören wollte.

„Worüber lachst du?"

„Zwei Sachen. Da du deinen Standpunkt, uns betreffend, dem Kellner gegenüber gerade sehr nachdrücklich vertreten hast, können wir uns ja jetzt unterhalten. Zweitens, das Restaurant ist zwar sehr schön, aber es wird schwierig werden, in der Karte etwas ohne Knoblauch zu finden."

Als Frankie den ersten Teil aussprach, überzog ein zarter Rotton Jamies Wangen, und obwohl ihr die Situation mit einem Mal etwas delikat erschien, musste sie auch lachen. Aber sie hörte sofort wieder auf, als sie die unterschwellige Botschaft mit dem Knoblauch begriff.

Sie verdammte sich, dass sie dieses Restaurant ausgesucht hatte. Sie würde heute Abend lieber verhungern, als etwas mit Knoblauch zu essen.

„So, fangen wir leicht an. Warum bist du zur Polizei gegangen?“

Verdammt! So leicht, wie du meinst, ist es nun doch nicht.

Sie wollte Frankie schon den wahren Grund sagen, warum sie zur Polizei gegangen war. Aber so sollte der Abend nicht anfangen.

Jamie füllte ihr Weinglas nach, sie versuchte, Zeit zu schinden, um zu überlegen, was sie sagen sollte. Sie nahm ihr Glas in die Hand, lehnte sich im Stuhl zurück und trank einen Schluck. Während der ganzen Zeit verlor sie kein einziges Mal den Augenkontakt mit Frankie.

„Ich denke, aus dem gleichen Grund wie die meisten anderen auch. Ich war jung und noch voller Ideale, dachte, ich könnte die Welt verändern und zu einem besseren Ort machen. Das Typische halt.“

Frankie spürte, dass dies nicht alles war, was ihr Gegenüber dazu zu sagen hatte. Aber sie beließ es für den Moment dabei.

„So, Frau Doktor, und wie war es bei Ihnen?“

„Ich denke, es war so ähnlich. Ich wollte Menschen helfen.“

Ich musste Menschen helfen. Ich hatte die Pflicht, das Gegenteil von dem zu tun, was meine Familie tut, das Leben zu achten und zu ehren. Ich hatte die Illusion, dass ich mehr Menschen retten könnte, als meine Familie in die Tiefen des Abgrunds zieht und damit glückliche Familien zerstört. Sie haben so viel Leid über andere gebracht, dass ich meine Gene verfluche und Menschen retten will.

Beide schwiegen und Frankie verwünschte sich, dass sie damit angefangen hatte.

Zum Glück kam der Kellner wieder an den Tisch, um ihre Bestellung entgegenzunehmen.

Er versuchte mit einem charmanten Lächeln, erneut Frankies Aufmerksamkeit zu erlangen. *Doch Frankie würdigte ihn keines Blickes, ihre Augen waren auf Jamie gerichtet.*

Jamie zog den rechten Mundwinkel wissend hoch und sah den Kellner belustigt an, während sie ihre Bestellung aufgab.

Dem Kellner verrutschte sein charmantes Lächeln, er nickte, nachdem er die Order aufgenommen hatte, entgegnete ein knappes „Buona scelta" und ging schnellen Schrittes weg.

Jamie wählte ein unverfänglicheres Thema und war froh, dass Frankie darauf einging.

Sie unterhielten sich über alles Mögliche. Kaum etwas wurde ausgelassen. Frankie redete über ihre Zeit am College. Jamie tat es ihr gleich mit der Polizeiakademie.

Als das Essen kam, nahm Frankie den ersten Happen, schloss die Augen und stöhnte sinnlich. Zwischen Jamies Schenkeln fing es an zu pochen, am liebsten hätte sie Geld auf den Tisch gelegt, wäre aufgestanden und hätte Frankie mit sich gezogen. Sie hatte keinen Hunger mehr auf das Essen - sie hatte unbändigen Hunger auf Frankie.

Während des Essens sprachen sie über Politik und lachten, als sie merkten, dass sie bei vielem die gleichen Ansichten hatten.

Es wurden Anekdoten aus ihren Berufen erzählt, bis sie merkten, dass sie eines der letzten Paare im Restaurant waren.

Jamie fragte sich, wo die Zeit geblieben war. Sie blickte zu Frankie hinüber, die verträumt in ihr Weinglas schaute, und fragte sich, was die ungemein attraktive Person ihr gegenüber wohl gerade dachte.

Die flackernden Kerzen ließen Frankies Gesichtszüge weicher aussehen. Als sie den Blick hob und Jamie den verträumten Ausdruck darin sehen konnte, blieb ihr die Luft weg.

Nur noch eines war für sie wichtig, sie wollte mit ihrer Begleitung alleine sein, und zwar möglichst schnell.

Als sie nach der Rechnung verlangte, sah sie das bestätigende Lächeln im Gesicht der Frau, die innerhalb kürzester Zeit ein solch emotionales Chaos in ihr ausgelöst hatte.

Jamie war froh, als sie endlich bei Frankies Wohnung angelangt waren und sie den Schlüssel zurückdrehte, um den Motor abzuschalten. Während der gesamten Rückfahrt wollte sie sich an jeder roten Ampel, an der sie halten mussten, zu Frankie hinüberbeugen, um sie zu küssen.

Die ganze Zeit verspürte sie den Drang, Frankie zu berühren, sei es auch nur, um ihre Hand für einen kurzen Augenblick zu halten. Ein wohliger Schauer durchlief ihren Körper und sie genoss die sinnliche Wirkung dieser Vorstellung.

Sie vermisste das Gefühl, das die Berührung ihrer Hände ausgelöst hatte, als sie von Frankie durch ihre Wohnung geführt worden war, und sie wünschte es sich zurück.

Jamie stieg aus und ging langsam um den Wagen herum.

Frankie beobachtete den drahtigen und doch irgendwie ruhigen Gang, der vor Selbstbewusstsein nur so strotzte. Sie hatte sich noch nie im Leben so wohlgefühlt, und die Gespräche, die sie im Restaurant geführt hatten, waren von einer Leichtigkeit, die ihr extrem gefiel.

Zwar hatte sie selbst vor jeder Antwort genau überlegt, was sie sagen würde und was nicht, sie wollte nicht zu vieles von sich preisgeben, doch bei Jamie war es anders gewesen. Ihre ehemalige Patientin hatte einfach geredet, scheinbar ohne darüber nachzudenken, sie sprach einfach über das, was ihr gerade in den Sinn kam. Sie war gelöst und fühlte sich wohl, was Frankie ihr deutlich anmerken konnte.

Frankie öffnete die Wohnung, nahm Jamie bei der Hand und zog sie schweigend hinein.

Frankie drehte sich um und blickte Jamie an. „Möchtest du noch einen Kaffee?“

Jamie schüttelte den Kopf und machte einen Schritt auf Frankie zu, dass sie deren Duft einatmen konnte. „Nein, dich!“

Jamie beugte sich leicht vor und atmete noch einmal tief ein, dann überwand sie das letzte Stück Distanz zwischen ihnen und berührte Frankies Lippen mit ihren eigenen.

Der Kuss war leicht und zaghaft und Frankie kämpfte darum, sich nicht sofort an Jamies Körper zu schmiegen.

Jamies Zunge bat um Einlass und als Frankie sie gewähren ließ, konnte sie nicht mehr an sich halten. Jamies Zunge war keck und erforschte ihren Mund.

Frankies Hand legte sich in Jamies Nacken und die Blonde presste sich gegen den starken Körper, der vor ihr zu glühen schien.

Es fühlte sich an, als hätte sie selbst auch Feuer gefangen, Hitzewellen schossen durch ihre Nervenbahnen. Sie stöhnte vor Lust auf, was Jamie noch mehr bestärkte. Jamies Kuss war nicht mehr leicht und forschend, er wurde fordernd und leidenschaftlich.

Als sie den Kuss unterbrachen, um Luft zu holen, sahen sie sich an. Jamies eben noch dunkelbraune Augen waren schwarz vor Verlangen, es brannte ein Feuer darin, welches Frankies Körper erzittern ließ.

Sie nahm Jamies Hand und zog sie mit sich.

KAPITEL 31

Jamie stand mit dem Rücken gegen die Tür gelehnt und Frankie sah sie an. Die blonde Frau wusste nicht, was es war, das sie gerade fühlte, doch es fühlte sich so gut an, dass sie sich in diese Wellen der Leidenschaft fallen und fortspülen lassen wollte. Sie erschrak ein wenig vor sich selbst.

Einen solchen Wunsch, diese Sehnsucht, die Gier nach mehr, all das hatte sie bis zu diesem Augenblick noch nie erlebt. Doch es war da, weil sie in sich etwas erkannte, das ihr bisher bei jeder ihrer Geliebten gefehlt hatte, sie konnte Jamie vertrauen, fühlte ein geradezu unbeschreibliches Maß an Vertrauen zu ihr.

Ja, fühlen, in sich hineinfühlen, die andere fühlen und zulassen, was auf sie zukam. Und dann war es genau das - sie wollte nicht mehr denken, nur noch fühlen.

Sie ging auf Jamie zu und küsste sie. Es war das erste Mal, dass sie jemanden so küsste. Es war ein Kuss, der etwas beinhaltete, der etwas bedeutete, der ein Versprechen auf ein Morgen gab und auf etwas danach.

Bedenken gab es auf einmal nicht mehr. Frankie kam es vor, als könnte sie Jamie als erster Frau gestatten, wirklich in ihr Leben zu treten. Sie hatte nicht mehr das Bestreben, Dinge zurückzuhalten, sie wollte nichts mehr verbergen. Sie spürte, wie ihre selbst errichtete Mauer in sich zusammenbrach. Frankie schlang ihre Arme um den schlanken Körper ihrer Geliebten, und Jamie hielt sie fest, hüllte ihrerseits die langhaarige Blonde mit ihren Armen ein wie in einem schützenden Kokon.

Frankie wusste, dass dieser Abend ihr ganzes Leben verändern würde, und sie hatte Angst. Doch als Jamie sie fester an sich zog, verflog diese Angst und sie spürte, dass sie bei Jamie ganz sie selbst sein konnte. Jamie löste sich von ihren Lippen und küsste ihren Hals. Als sie am Ohr ankam, flüsterte sie: „Ich liebe dieses Gefühl, wenn du mich ansiehst und mein Herz schneller schlägt."

Jamie wurde forscher, zog Frankies Bluse aus der Hose und wanderte mit ihren Händen darunter, während sie noch mit den Lippen am Ohr war. „Ich will dich, ich möchte dich überall berühren, deine Haut mit Küssen bedecken, bis du nicht mehr kannst und meinen Namen in die Dunkelheit hinausschreist."

Diese direkten Worte trafen Frankie ins Mark, doch verschreckten sie sie nicht. Im Gegenteil, die Bilder, die Jamie heraufbeschwor, entlockten ihr ein erregtes Stöhnen.

Frankies Haut fühlte sich so weich an, wie Jamie es erwartet hatte. Sie wollte die andere Frau so sehr, noch nie war ein solches Begehren über sie hereingebrochen.

Da war der Wunsch, Frankies flüsternde Stimme hören, wenn sie sie kurz vor dem Höhepunkt anflehen würde, sie zu erlösen. Da war die Gier, den erotischen Klang ihrer Stimme zu hören, wenn sie sie so lange reizen und verwöhnen würde, bis sie kam und hierbei Jamies Namen über ihre wunderschönen Lippen herausschreien würde. Sie wollte Frankie auf Ebenen führen, die sie nie zuvor erreicht hatte.

Die schwarzhaarige Frau spürte Frankies Erregung und es schien ihr, als würde der Körper der anderen beben. „Liebe mich", brachte Frankie flüsternd und schwer atmend hervor.

Jamie nahm ihre Hand und zog sie ins Schlafzimmer.

Als sie dort ankamen, zog sie Frankie langsam und mit Bedacht aus. Ihre Hände zitterten leicht, als hätte sie Angst, etwas kaputtzumachen oder ihr wehzutun.

Nachdem sie Frankie ausgezogen hatte und diese nun in ihrer vollen Schönheit vor ihr stand, ging Jamie auf die Knie. Sie begann, den flachen Bauch ihrer nackten Geliebten mit den Lippen zu erforschen, ließ ihre Finger streichelnd die zarte Haut der langen Beine entlanggleiten. *Sie ist atemberaubend,* dachte Jamie ,schloss ihre Augen, um dem Gefühl der nackten Haut nachzuspüren und die Atmosphäre auf sich wirken zu lassen.

Frankie trat näher, legte ihre Hände auf Jamies Schultern und deutete ihr an, aufzustehen. Sie hinterließ eine Spur von Küssen entlang Jamies Hals, während sie deren Kleidung nach und nach abstreifte.

Jedes Mal, wenn ein Kleidungsstück hinunterfiel, zuckte Jamie. Sie verzweifelte beinahe vor Lust. Die Schwarzhaarige fieberte der Erfüllung entgegen, wollte sie schmecken, jeden Zentimeter von Frankie berühren und erkunden.

Als Jamie endlich nackt war, legte sich Frankie aufs Bett und zog sie mit sich, sie öffnete leicht ihre Beine und Jamie rutschte dazwischen. Als sich ihre Körper das erste Mal berührten, sie das Gefühl von Haut auf Haut in seiner puren Köstlichkeit fühlen konnten, stöhnten beide auf. „Ich will dich“, sagte Frankie flüsternd.

Jamie wusste nicht, wie ihr geschah, als sie diese Wörter hörte. Alles in ihr brannte. Sie nahm den Rhythmus ihres eigenen Herzens wahr. Als sie ihre Lippen über Frankies zarte Haut am Hals wandern ließ, verharrte sie kurz an der Schlagader. Sie zog Linien mit ihrer Zunge und legte ihren Mund erneut an die Stelle, wo sie deren Pochen direkt wahrnehmen konnte.

Sie fühlte in sich hinein und ihre Mundwinkel hoben sich zu einem leichten Lächeln, in all dieser lustvollen Erotik hatten ihre Herzen den gleichen Takt gefunden.

Jamie küsste Frankie leidenschaftlich, dann beugte sie sich hinunter, wanderte mit dem Mund über den Hals ihrer Geliebten zu deren Schlüsselbein und von dort langsam weiter zu ihren Brüsten, die sie nun ausgiebig erforschte.

Sie tastete sich mit ihrem Mund über die seidige Haut der festen Rundungen, bis sie links innehielt. Ihre Zunge hatte die hart aufgerichtete Brustwarze erreicht. Sie umschloss sie zart mit ihrem Mund, neckte die Spitze mit ihrer Zunge, und als Frankie ihre Hände in den schwarzen Haaren vergrub und sie an sich drückte, begriff Jamie, dass Frankie ihrem Spiel nicht mehr lange standhalten konnte, zu nah war sie schon am Höhepunkt.

Zwar hatten sie ihr Liebesspiel nach Jamies Empfinden gerade erst begonnen, doch war ihr auch klar, dass die körperliche Anziehung der letzten Tage und Stunden bereits ein Maß an sexueller Erregung provoziert hatte, das ihr selbst unfassbar schien und dafür sorgte, dass ihr eigener Körper brannte und pulsierte.

Sie fühlte sich, als würde Magma durch ihre Adern fließen. *Ja, das ist es! Wie ein Vulkan kurz vor dem Ausbruch, ich weiß genau, was du fühlst! Aber warte, noch nicht, meine Schöne, gleich* ... Während ihr diese Gedanken durch den Kopf gingen, verzogen sich ihre Lippen zu einem lasziven Lächeln, es hatte etwas leicht Diabolisches, aber Frankie konnte es nicht sehen.

Jamie spürte die stetig wachsende Erregung, nahm sie mit jedem Millimeter Haut wahr, mit dem sie Frankie berührte. All ihre Sinne waren geschärft und auf die Signale fokussiert, die ihre Geliebte aussandte.

Frankie drückte ihren Kopf ins Kopfkissen, als Jamie ihre Reise fortsetzte, den Körper der anderen zu erkunden. Sie ließ Mund und Zunge über Frankies Bauch gleiten, die sich ihr daraufhin entgegen bäumte und aus tiefster Kehle aufstöhnte.

Frankies Hände drängten Jamie weiter nach unten. Sie fühlte Jamies Atem auf ihrer Hüfte, ihrer Leiste, nahm wahr, wie Jamies Hände ihre Beine sanft auseinanderdrückten. Frankie spürte, wie Jamie weiter hinunterwanderte und ihre Narbe an der Innenseite ihres Knies küsste. Dann bewegte sie wieder langsam nach oben, bis sie Frankies Scham erreichte.

In diesem Moment traf eine Erkenntnis Frankie bis ins Mark, ausgelöst durch einen Gedanken, der sich Sekundenbruchteile vorher manifestiert hatte: *Jamie, du kannst mit mir tun, was immer du willst!*

Als ihr die Bedeutung bewusst wurde, war da aber keine Angst. Sie empfand tiefstes Vertrauen, fühlte sich geborgen. Sie war bereit, sich emotional in alles fallen zu lassen, was vor ihr lag, denn sie wusste, diese Frau wäre da, um sie aufzufangen. Sie war bereit, alles zuzulassen und alles zu geben.

Frankie hatte unbewusst, aber nachdrücklich Jamies Kopf zu ihrer Mitte geführt. Sie konnte nicht mehr warten. Sie stöhnte und ihr Unterleib zuckte gegen Jamies Mund, als sie mit ihrer Zunge das erste Mal über ihre Klitoris fuhr.

Frankie ließ Jamies Haare los, um ihr nicht wehzutun, doch musste sie stattdessen sofort ins Bettlaken fassen, um nicht wieder in die schwarzen Locken zu greifen.

Jamie umfasste die Hüften ihrer Partnerin, zog ihre Scham näher zu sich heran und ließ ihre Zunge durch die Nässe gleiten, die deren Erregung so köstlich hervorbrachte.

Jamie unterbrach ihre reizende Liebkosung für Sekunden, um den Kopf zu heben und nach Frankie zu schauen, sie wollte die Lust in ihrem Gesicht sehen. Und was sie sah, gefiel ihr.

Mit einem brummigen „Mmmhhh“ kehrte sie zu Frankie zurück und ihre Zunge tauchte nun ohne Zögern in sie ein. Ihre Geliebte hatte keine Chance, sich auf das vorzubereiten.

Es waren unzählig viele, intensive Berührungen, die sie verwöhnten und bis aufs Blut reizten. Alles kam so geballt, dass sie Jamie kurz darauf ihr Becken entgegenhob, ihre Hände wieder in den dunklen Locken vergrub und Jamie verstehend ihren Mund ließ, wo er war. Doch verstärkte die Schwarzhaarige mit Zunge und Mund den Druck, um Frankie nun endlich den ersehnten Orgasmus zu schenken, dessen Erfüllung für sie in diesem Moment Erlösung sein würde.

Und das war es, Erlösung! Frankie schrie Jamies Namen, es kam aus ihrem tiefsten Inneren heraus.

Eine gigantische Welle brach über Frankie herein, spülte sie wieder an die Oberfläche, um sie nun mit sich zu reißen.

Das Beben, das ihren Körper erzittern ließ, schien ewig anzudauern, und Jamie genoss ihre Stellung und das einzigartige Schauspiel.

Frankies Hände fielen schlaff aus Jamies Haaren, ihre Brust hob und senkte sich schnell und sie versuchte, ihren Atem unter Kontrolle zu bekommen.

Jamie konnte nicht beschreiben, was passiert war, sie hatte das Gefühl, als würden sie miteinander verschmelzen, sie konnte Frankies Orgasmus so intensiv spüren, fast wäre sie selbst dabei gekommen.

Sie wusste, dass Frankie sich mit Leib und Seele geöffnet hatte. Sie wünschte sich in diesem Augenblick, dass die Zeit stehen blieb und der Moment niemals enden würde.

Als Frankie aufblickte, sah sie Jamie mit geschlossenen Augen auf ihrem Oberschenkel ruhen.

Frankie griff nach ihren Händen, ihre Finger verflochten sich ineinander und sie zog Jamie zu sich hoch.

Jamie vergrub ihren Kopf in Frankies Halsbeuge und atmete schwer. Sie schüttelte den Kopf.

Frankie strich ihr mit der Hand über die wilden Locken. „Jamie?"

„Spürst du das auch?", fragte Jamie.

Frankie wusste sofort, was Jamie meinte. Auch sie hatte es gespürt. Es war, als wären sie eins miteinander gewesen.

„Ja."

Sie drehte Jamie auf den Rücken und schaute ihr tief in die Augen, die gerade wirkten wie schwarzer Obsidian.

„Ich will dich." Sie küsste Jamie diesmal fordernd und gab ihr klar zu verstehen, dass sie nicht von ihr lassen würde, bis sie vor Lust verging.

Sie legte ihr Gewicht auf den linken Arm und erhob sich leicht, während sie ihre rechte Hand über die aufreizenden Kurven der Schwarzhaarigen fahren ließ. *Diese Haut, so weich.* Frankie schloss für einen Moment die Augen, um sich mehr auf das Gefühl unter ihren Fingerspitzen konzentrieren zu können. „Das wollte ich schon im Krankenhaus tun", flüsterte sie, als ihre Finger über Jamies festen Bauch glitten. Sie blickte Jamie an und sah, dass diese Gedanken scheinbar nicht nur ihr seit Wochen durch den Kopf gingen, und fuhr fort, während ihre Hand unaufhörlich Zentimeter um Zentimeter streichelte. „Ich habe es kaum ausgehalten, dich nur wegen der Untersuchungen zu berühren. Du hast mich vom ersten Moment an einfach scharf gemacht – von dem Augenblick an, als du mich beim ersten Verbands-Check mit deinen Augen ausgezogen hast." Der Blick, den Jamie ihr hierauf schenkte, sagte alles, er war Antwort genug für Frankie und sie widmete sich wieder dem Samt unter ihren Fingern.

Als sie eine kleine Erhebung spürte, schaute sie nach unten und sah Jamies noch gerötete Narbe.

Sie schob nun ihren Körper nach unten, tauschte ihre Hand gegen ihren Mund, küsste die Narbe und spürte, wie Jamie erzitterte. Frankies Mund wanderte langsam, schmetterlingshafte Küsse setzend, über den Bauch nach oben. Sie verwöhnte die seidige Haut zwischen Jamies Brüsten, verweilte dort, schloss zugleich ihre Hände um ihre Brüste und massierte sie. Jamie bäumte sich leicht auf, kam ihr ein Stück entgegen und ließ ihre Finger in die weichen, blonden Haare gleiten. Ein genießerisches „Mmh, hör nicht auf", kam über ihre Lippen und sie fühlte, wie sich Frankies Lippen zu einem Lächeln verzogen.

Sie kam wieder hoch, wanderte über den Hals, zu Jamies Kinn, um sie dann leicht und danach leidenschaftlich auf die Lippen zu küssen. „Wie kommst du darauf, dass ich aufhöre? Ich fange gerade erst an." Frankies Stimme war rau und diese Antwort ließ Jamie scharf die Luft einziehen.

Die Blonde wusste genau, was sie jetzt wollte. Sie ließ ihre Hand erneut über die heiße Haut ihrer Geliebten gleiten. Sie strich über Taille und Hüfte, wanderte dann quälend langsam über den Beckenknochen zur seidigen Haut an Jamies Leiste.

Ein kehliger Laut entglitt Jamie im selben Augenblick, sie winkelte ein Bein leicht an und stellte den Fuß auf.

Was für eine Einladung, Frankie zeigte ein wollüstiges Lächeln, sie würde dieser nur zu gerne Folge leisten.

Frankie spürte die Nässe an ihrer Hand, die Erkenntnis, dass sie dies hervorgerufen hatte, ließ sie aufstöhnen.

Jamie begann, sich unter ihr zu winden, sie wollte mehr, sie wollte diese Frau in sich spüren „Bitte Frankie, jetzt!"

Und die Blonde erfüllte ihre Bitte, sie wusste, dass auch Jamie nicht lange warten konnte. Wenn sie nur einen Bruchteil der erotischen Anspannung in sich getragen hatte, die Frankie in sich trug, bevor sie miteinander schliefen, würde sie jetzt geradezu vergehen.

„Ja, jetzt", mit diesen Worten drang Frankie in die Geliebte ein. Sie war so feucht, dass sie mit ihren Fingern leichten Zugang fand. Sie nahm zwei Finger und füllte sie aus, fühlte, wie Jamies Muskulatur sich um sie anspannte und hielt inne, damit Jamie nicht sofort den Höhepunkt erreichte.

Für die Schwarzhaarige fühlte es sich wie eine Ewigkeit an, sie fühlte sich, als tanzte sie auf einer Klinge „Bitte, lass mich …"

Frankie spreizte nun ihren Daumen nach oben und bewegte ihn in kreisenden Bewegungen um Jamies Kitzler. Jamie schloss ihre Schenkel ein wenig und sie spürte den Puls an ihren Fingern.

„Hör nicht auf", keuchte Jamie.

Frankie ließ ihren Daumen das Spiel fortführen, beugte sich hinunter und nahm eine der dunkelroten Warzen Jamies wunderbarer Brüste in den Mund. Jamie stöhnte laut, als Frankies Zunge im gleichen Takt über ihre Knospe schnellte, es war wie ein Gleichklang, welcher die Bewegungen von Frankies Daumen imitierte, dessen rhythmisches Spiel ihre Lust ins Unermessliche steigerte.

Jamies Mitte stieß gegen ihre Hand und Frankie lies lächelnd von ihrer Brustwarze ab. Erst jetzt bewegte sie ihre Finger, zog sie leicht aus ihrer Geliebten, um sie danach wiederholend rhythmisch tiefer in sie hineingleiten zu lassen.

Jamies Hüften kreisten immer schneller. Die Blonde fühlte die wachsende Feuchtigkeit auf ihrer Hand und spürte, wie Jamies Muskulatur Spannung aufbaute, es um ihre Finger herum enger wurde, bis Jamie mit einem lauten Schrei kam. Jamie wurde von ihrer Lust überwältigt, bäumte sich nochmals auf und blieb dann auf dem Laken liegen. Noch war sie nicht in der Lage, stillzuliegen, weil nach und nach kleine Beben durch ihren Unterleib zuckten. Frankie merkte es, legte sich auf sie und positionierte sich so, dass ihr Oberschenkel den Druck ihrer Hand auf die Klitoris verstärkte. Die schwarzhaarige Frau stöhnte erneut auf, und das wiederaufwallende Pulsieren in Jamie raubte Frankie fast den Atem, zu gut war dieses Gefühl.

Sie ließ ihren Kopf auf Jamie Schulter fallen und ließ ihre Finger, wo sie waren, damit Jamie alle Wogen mitnehmen und den Höhepunkt bis zuletzt genießen konnte.

Als sie ihre Finger langsam aus Jamies Hitze zog, während sie sie innig küsste, stöhnten beide auf.

„Gott, das war unglaublich“, seufzte Jamie. Sie breitete die Decke über sie beide aus und zog Frankie fest in den Arm.

„Ja, das war es.“

Unglaublich war gar kein Ausdruck für Frankie. Noch nie im Leben hatte sie sich so gut gefühlt und gleichzeitig so sicher.

Nach kurzer Zeit hörte sie Jamies gleichmäßige Atemzüge und war selbst kurz davor, einzuschlafen.

Ein Gedanke schoss ihr auf einmal durch den Kopf,

Sie hat mich entflammt, mich erschüttert, wie noch nie jemand das getan hat. Jamie hat meine Seele berührt - und ich will nicht fliehen! Sie erschrak.

Ein Zittern durchlief sie und Jamie zog sie im Halbschlaf fester an sich.

Frankie lächelte, *nicht mehr denken, nur genießen.*

Jamie gab ihr Sicherheit und sie wollte nicht mehr darüber nachdenken, nur fühlen. Sie kuschelte sich an Jamies Schulter zurecht, schloss ihre Augen und war Sekunden später eingeschlafen.

KAPITEL 32

Das Erste, was Jamie wahrnahm, war der Geruch von Lavendel, der ihre Nase kitzelte, danach einen warmen Körper, den sie fest umschlungen hielt. Als sie die Augen öffnete, sah sie blondes Haar und ihre Erinnerungen kamen wieder.

Frankie lag auf der Seite und Jamie hatte sich angekuschelt. Ihre Hand lag auf Frankies Bauch. Sie konnte sich nicht zurückhalten, zu köstlich war das Gefühl weicher Haut unter ihren Fingern. Ihre Hand begann mit langsamen, kreisenden Bewegungen über die Haut ihrer Geliebten zu gleiten. Frankie schmiegte sich daraufhin noch stärker an Jamie.

Jamie lächelte über diese Reaktion. Langsam fuhr ihre Hand weiter nach oben, bist sie die Brüste erreichte. Mit ihren Fingerspitzen strich sie abwechselnd zart über die Knospen und nahm sofort deren Reaktion auf ihr Streicheln wahr.

Frankie stöhnte: „Mmh, daran könnte ich mich gewöhnen."

Jamie wollte sich gerade über sie beugen und Frankies Hals küssen, als ihr Telefon klingelte. Beide stöhnten, diesmal aus Frust.

„Es könnte die Arbeit sein. Ich muss rangehen", sagte Jamie bedauernd.

Frankie legte ihre eigene Hand auf die von Jamie, die auf ihrer Brust lag, und drückte sie leicht.

„Beeil dich. Sonst mache ich ohne dich weiter."

Jamie war ganz dicht an ihrem Ohr und Frankie konnte das Grinsen spüren. „Wenn ich zuschauen darf."

Sie gab Jamie einen tadelnden Klaps auf den Arm. „Geh schon ran."

Jamie küsste sie auf die Ohrmuschel und sprang nackt aus dem Bett. Frankie lehnte sich an das Kopfteil des Bettes und erfreute sich an der Aussicht. Jamie suchte ihre Hose, sie griff in eine der vorderen Taschen, zog das Handy heraus und ging ran, ohne auf das Display zu schauen.

„Johnson. Oh, hey Mom. Nein, nein, du störst nicht. Was gibt es denn?" Jamie schaute Frankie entschuldigend an und ging aus dem Zimmer.

Als Jamie das Zimmer verließ, fühlte sich der Raum auf einmal kalt und leer an. Frankie schlug die Hände vors Gesicht. *Was passiert hier?* Frankie kannte diese Gefühle nicht und es machte ihr Angst.

Was hat Kim gesagt? Lass es auf dich zukommen. Mach dir keinen Kopf. Sie atmete tief durch. *Ja genau, einfach sehen, was passiert, und ein bisschen Spaß haben.*

Jamie kam wieder ins Zimmer und lehnte sich gegen den Türrahmen. Frankie kam nicht umhin, ihren Blick einmal über den Körper wandern zu lassen, und sie spürte ein Kribbeln in ihrem Bauch.

„Sorry, das war meine Mom, Dolores."

„Offensichtlich."

„Seitdem ich im Krankenhaus war, ruft sie jeden Tag an."

„Das ist verständlich. Oh, warte! Deine Mom heißt Dolores?"

Jamie nickte. Ein Grinsen zog sich über Frankies Gesicht.

„Jamie D. Johnson. Jamie Dolo…"

„Wage es ja nicht!“ Mit dem Zeigefinger deutete sie warnend auf Frankie.

Die hob in einer abwehrenden Geste beide Hände in die Luft.

„Ich möchte da mal was klarstellen. Du sagtest zu mir, dass ich Glück hätte, dass meine Großmutter nicht Henrietta hieß. Und du selbst heißt ...“ Jamie machte einen warnenden Schritt auf sie zu und Frankie beeilte sich, weiterzusprechen: „Jamie Dolores Johnson!“

Sie schrie, als Jamie auf sie draufsprang und anfing, sie zu kitzeln.

„Hör auf, hör auf. Ich ergebe mich!“, brachte sie unter lautem Lachen hervor.

Plötzlich hielt Jamie Frankies Hände über deren Kopf gefangen und atmete schwer. Sie sah Frankie tief in die Augen, doch beide schwiegen. Frankie sah, wie sich die Augenfarbe bei Jamie veränderte und sie wusste, dass es sich in ihren widerspiegelte.

„Hi, du.“ Jamie war die Erste, die den stillen Moment brach.

Frankie lächelte: „Hi.“

„Es waren deine Augen“, brachte Jamie hervor. Sie wusste nicht, warum sie das genau jetzt sagte, aber sie musste es ihr unbedingt sagen.

So vieles war an ihr und wegen ihr anders. Jamie hatte damals im Krankenhaus ein unbändiges Gefühl von Vertrauen verspürt, als sie das erste Mal in diese blauen Augen sah. Und eben dasselbe Gefühl begleitete nahezu jede Begegnung zwischen ihnen.

Schon seit einer Weile verband Jamie die Gedanken an eine Lawine aus verwirrenden Gefühlen, die sie innerlich überrollt hatte, mit einer bisher nie gekannten Sehnsucht, dem Bedürfnis, eben diese Frau, die hier bei ihr war, in ihr Leben zu lassen.

Frankies Augenbrauen zogen sich zusammen.

„An dem Tag, an dem ich verletzt eingeliefert wurde. Ich bin ganz kurz wach geworden, ich glaube, ich war noch in der Notaufnahme, als du mich zusammenflicken musstest. Ich kann mich kaum an etwas erinnern. Aber an deine Augen. Ich weiß nicht warum, aber als du mich ansahst, wusste ich, dass alles gut werden würde."

In diesen Worten klang einzig Aufrichtigkeit durch, sie schienen direkt aus Jamies Herzen zu kommen – und sie taten Frankie so unendlich gut. Sie hob Jamie ihren Kopf entgegen, um sie leidenschaftlich zu küssen.

Nachdem sich ihre Lippen wieder voneinander gelöst hatten, sah sie Jamie direkt an.

„Und ich war eifersüchtig auf deinen Besuch", kam es unvermittelt über Frankies Lippen.

„Auf wen?" Die Polizistin war irritiert, sie hatte nicht den Hauch einer Idee, wer gemeint sein könnte.

„Die Brünette."

Da fiel es Jamie wie Schuppen von den Augen. „Jess? Sie ist eine Freundin. Du warst eifersüchtig?" Jamies Grinsen war nicht zu übersehen.

„Frühstück?" Frankie wollte nicht darauf eingehen, ärgerte sich, dass sie diese Info nicht noch für sich behalten hatte, und versuchte nun, vom Thema abzulenken.

„Mmh-mmh", brummte Jamie leicht kopfschüttelnd, als sie ihren Hals entlangküsste. „Duschen und dann Frühstück." Ihre Hände hielten Frankies immer noch über dem Kopf fest.

Frankies Lider wurden schwer und sie schloss sie, um dem Prickeln, das die Lippen auf ihrem Hals auslösten, volle Aufmerksamkeit schenken zu können. Sie wollte mehr hiervon und drehte leicht den Kopf, um Jamie ihre Halsbeuge anzubieten, die darauf nur zu gerne einging.

Die Blonde begann, sich unter den Liebkosungen zu winden, die Jamie auf unterschiedlichste Art über ihren Körper verteilte.

Die Mischung aus sinnlichem Streicheln und neckendem Kitzeln erregte sie, sodass sie ihr Verlangen nicht beherrschen konnte, was sich in einem lustvollen Aufstöhnen widerspiegelte, während sie gleichzeitig dem Druck von Jamies Oberschenkel zwischen ihren Beinen nachgab und diese leicht spreizte, damit ihre Geliebte sich dazwischen gleiten lassen konnte.

Erst zwei Stunden später saßen sie gemeinsam am Frühstückstisch.

„Wann musst du wieder zur Arbeit?“ Jamie goss sich bei der Frage Kaffee nach und deutete fragend auf die zweite Tasse, doch Frankie schüttelte den Kopf.

„Morgen früh, und du?“

„Mein Dienst beginnt morgen auch wieder.“

Frankie hob fragend eine Augenbraue.

„Schreibtischdienst. Die Unbedenklichkeitserklärung für den aktiven Dienst bekomme ich wahrscheinlich nächste Woche. Aber der aktuelle Fall und die liegen gebliebenen Akten lassen mich bestimmt noch wochenlang vor dem Schreibtisch sitzen.“

Frankie wusste nicht, warum, aber als sie sich vorstellte, dass Jamie auf den Straßen unterwegs war und ihr wieder so etwas passieren könnte, traf es sie wie ein Stich in der Brust und ihr Magen zog sich zusammen. Schnell schob sie diesen Gedanken beiseite.

„Also hast du heute nichts vor?“, hakte Frankie nach.

„Nein. Du?“

„Nicht wirklich“, wobei ein spitzbübisches Lächeln Frankies Hintergedanken verriet.

Lange sagten beide nichts und genossen in Stille und das gemeinsame Frühstück. Sie tauschten immer wieder intensive Blicke aus. Sowohl Jamie als auch Frankie wussten, dass sie heute die Wohnung nicht mehr verlassen würden.

KAPITEL 33

Applaus empfing Jamie, als sie ihr Stockwerk im Dezernat betrat. Mit einem genervten Blick schaute sie auf Cooper, der sie entschuldigend ansah. Sie stellte Coopers Kaffee und ihren eigenen auf dem Schreibtisch ab. Mit einer ungeduldigen Handbewegung und ein paar Worten beendete sie das ganze Schauspiel und ließ sich in ihren Stuhl fallen.

Jamie griff hinüber zu Coopers Schreibtisch und nahm sich eine Akte. Sie wollte wieder die ganz einfache Routine und Normalität in ihrem Leben haben.

Normalität, bei diesem Begriff musste sie an Frankie denken. Nichts von dem war normal.

Röte überzog ihr Gesicht, als sie daran dachte, was sie alles gemacht hatten. Der Sex hatte eine ganz neue Dimension für Jamie gewonnen. Es war alles neu, schien aber so vertraut. Da war kein Zögern, keine Bedenken, sich der anderen hinzugeben, in jedem Augenblick lag so viel Klarheit. Jeder Kuss, jede Berührung war schlichtweg richtig.

Es ging eigentlich alles viel zu schnell und doch fühlte es sich an, als hätten sie alles schon Hunderte Male zusammen gemacht. Es fühlte sich wie das Natürlichste auf der Welt an, als sie zusammen am Frühstückstisch saßen. Sie hatte am Abend nicht gehen wollen, doch wusste sie auch, dass sie beide keinen Schlaf kriegen würden, wenn sie blieb, und Klamotten zum Wechseln hatte sie auch keine dabei.

Schlaf, Jamie lächelte mit leicht süffisanter Miene. Den hatte sie sowieso nicht gefunden, sie konnte nicht einschlafen und wälzte sich die ganze Nacht umher, nur leicht schlummernd, weil jedes Drehen ihr bewusst machte, dass sie allein im Bett lag. Sie vermisste den Körper neben sich. Ihr fehlte diese Frau in ihrem Arm und das Gefühl, das sie auslöste, Geborgenheit.

Überraschend wurde sie aus ihren Gedanken gerissen.

„Johnson, Cooper, in mein Büro!" Lieutenant Morales stand kurz im Türrahmen, drehte sich um und ging, ohne auf eine Antwort zu warten, wieder in sein Büro.

Jamie sah Cooper fragend an, doch der zog nur eine Grimasse und zuckte mit den Schultern.

„Nehmt Platz." Jamie sah noch einen weiteren Mann in Morales' Büro. Er stand mit dem Rücken gegen die Wand gelehnt und beobachtete beide. Cooper setzte sich, doch Jamie blieb hinter dem Stuhl stehen. Sie wollte sich nicht in eine defensive Position begeben, wollte nicht von unten nach oben schauen müssen, wenn man mit ihr sprach.

Mitte vierzig schätzte sie den ihr Unbekannten. Er trug einen schwarzen Anzug mit passender Krawatte. Sein Haar war braun, aber bereits sehr dünn, er starrte sie aus ebenfalls braunen Augen an. Sie wusste sofort, dass er kein Cop war. Hätte er nicht diesen Anzug getragen, würde sie trotzdem wissen, dass er kein Cop war, es lag an seiner Ausstrahlung.

Jamie wandte ihren Blick nicht von ihm ab und straffte ihre Schultern. Sollte das Machtspiel beginnen. Nach einem kurzen Moment drehte er den Blick weg und schaute zu Morales.

„Johnson! Ich sagte, setzen!" Er war ihr Boss und es war ein Befehl. Gegen ihren eigenen Wunsch, stehen zu bleiben, setzte sie sich.

„Das ist Special Agent Smith."

„Smith?" Jamie hob skeptisch die Augenbraue.

„Ich will nichts hören, Johnson. Es ist, wie es ist."

Special Agent Smith räusperte sich und alle Augen wandten sich zu ihm.

„Sie haben vor drei Wochen durch Zufall einen großen Waffendeal verhindert."

„Das war kein Zufall. Es waren intensive Ermittlungen und akribische Vorbereitungen dazu notwendig."

Smith machte eine wegwerfende Handbewegung. Jamie war kurz davor, aufzuspringen, um ihn zurechtzuweisen, doch erst wollte sie wissen, worauf er hinauswollte.

„Was Ihnen bis zum jetzigen Zeitpunkt anscheinend gänzlich unbekannt ist, ist die Identität des Lieferanten, korrekt? Sagt Ihnen der Name Calabrese etwas? Man könnte es ein Familienunternehmen nennen."

Die Calabreses waren eine alteingesessene Familie mit Wurzeln in Italien und seit Urzeiten der Cosa Nostra angehörig. Jeder in der Academy hatte von ihnen gehört.

Beginnend in den 20er Jahren, fingen sie mit kleinen Gaunereien an und innerhalb weniger Jahre gewannen sie an Macht sowie entsprechendem Einfluss. Ihr Gebiet verlief über die gesamte Ostküste. Sie waren Waffen- und Drogenhändler. Bis heute hatte man es nicht geschafft, einen Informanten einzuschleusen.

Es gab enge und verwobene Strukturen. Familienmitglieder an der Spitze, Mitarbeiter, mit denen sie aufgewachsen waren, und Strohmänner ohne Ende. Keinem Außenstehenden wurde Einblick gewährt.

Es war unmöglich, ihnen etwas nachzuweisen, zu perfekt war ihr System bisher abgeschirmt.

„Worauf ich nun hinauswill, ist Folgendes. Wir ermitteln seit Jahren und haben eine Special Force gegründet, die sich ausschließlich mit den Calabreses beschäftigt. Wir wissen nicht, wie viele Informanten sie bei der Polizei haben, sie waren uns bis jetzt immer einen Schritt voraus. Sie haben, sei es durch Zufall oder nicht, die erste handfeste Verbindung zu ihnen hergestellt, und wir wollen Sie im Team der Special Force haben“, erläuterte der Special Agent.

Smith kam nun einen Schritt näher.

„Wir haben einen Mann eingeschleust.“

Jamie glaubte, nicht richtig gehört zu haben. *Das ist unmöglich!*

„Sie unterstehen mir bei den Ermittlungen, haben aber weitestgehend freie Hand.“

Das war es, was Jamie immer gewollt hatte: einen großen Rundumschlag ausführen. Der Schlange den Kopf abschlagen, darauf hatte sie ihr ganzes Leben hingearbeitet. Sie wäre ihrem Versprechen, welches sie ihrem toten Bruder gegeben hatte, so nahe wie noch nie.

„Sie haben bis morgen früh Zeit, mir eine Antwort zu geben“, drang da Smiths Stimme wieder an ihr Ohr.

Jamie konnte nur nicken und stand auf. Bevor sie und Cooper aus der Tür waren, sagte Smith noch: „Sie wissen, dass Sie mit niemandem hierüber reden dürfen.“

„Ja, das ist mir klar.“

Jamie und Cooper sahen sich an, als sie zurück in ihrem Büro waren und in ihren Stühlen saßen.

„Wow.“ Cooper war der Erste, der das Schweigen brach.

„Ja, wow.“

„Was denkst du, Jamie?“

„Keine Ahnung. Ich meine, das ist ein große Sache.“

„Ich weiß, was du meinst. So eine Chance bekommt man nie wieder. Es kann ganz schnell gehen und wir werden als Helden gefeiert. Es kann aber auch Jahre dauern, oder wir kommen ohne Ergebnisse raus und haben nichts erreicht.“

„Weißt du, am liebsten hätte ich sofort zugesagt. Aber ich lasse mir das erst einmal alles durch den Kopf gehen. Was ist mit dir?"

„Wie immer du dich auch entscheidest, ich bin dabei." Cooper kannte Jamies Entscheidung schon und wartete nur ab.

Den ganzen Tag hatte Jamie über alles nachgedacht, hatte sich gefragt, welche Informationen sie hatten und wer wohl der Undercoveragent war. Viel schlimmer war aber die Erkenntnis, dass die Calabreses ihre eigenen Leute bei der Polizei hatten einschleusen können.

Je länger sie darüber nachdachte, desto sicherer wurde sie mit ihrer Entscheidung, wenn es überhaupt je einen Zweifel gab.

Frankie kam ihr in den Sinn. Was würde sie denken, wenn Jamie ihr nicht sagen konnte, wo sie hingehen würde, oder den Grund dafür nicht nennen durfte, dass sie länger arbeitete. Hätte sie Verständnis dafür? Noch nie hatte sie daran gedacht, wie ihre Partnerin reagieren könnte, ihre Arbeit war bisher immer an erster Stelle gekommen.

Partnerin? Ein bisschen zu vorschnell, Jamie.

Aber als der Gedanke sich manifestierte, breitete sich eine Wärme in ihrem Inneren aus und sie musste lächeln.

Sie hoffte, dass Frankie es verstehen würde, sonst wüsste sie nicht, was sie machen sollte. Sie kam ins Grübeln, dass sich ihre Prioritäten auf einmal so verändert hatten.

Sie atmete einmal tief durch, dieses Gefühlschaos war nervenaufreibend.

Sie schlug die Akte zu und schaute auf die Uhr. Es war nicht so spät wie sonst immer, wenn sie ging, aber sie wollte Frankie sehen. Sie freute sich auf den Abend, und der Rest würde sich schon irgendwie ergeben. „Babyschritte", sagte sie zu sich selbst.

KAPITEL 34

„Nein, wirklich jetzt. Sie wollte mich verkuppeln“, rief Jamie aus.

„Sie meint es doch nur gut.“

„Meine Mutter denkt“, Jamie fuchtelte mit der Gabel herum, während sie sprach, „dass jede Lesbe, die sie kennenlernt oder von der sie hört, eine potenzielle Partnerin für mich ist. Reichst du mir bitte das Hühnchen?“

Frankie musste darüber lächeln, wie harmonisch sie beide zusammen zu Abend aßen. Sie wollte eigentlich kochen, aber da sie praktisch nie pünktlich Feierabend hatte, auch heute nicht, der Kühlschrank leer war und sie keine Zeit mehr hatte, einkaufen zu gehen, hatten sie sich für den chinesischen Lieferdienst entschieden.

„Und sie hat immer das gleiche Argument: 'Ihr habt ja schon eine Gemeinsamkeit'.“

Als Jamie eine Schnute zog, konnte Frankie nicht mehr und fing lauthals an zu lachen. Sie spürte, wie gelöst und glücklich sie war.

„Und dein Vater?“

„Auch ein Cop. Aber im Vorruhestand.“ Ein Schatten legte sich über Jamies Gesicht, als sie sich daran erinnerte, wie sie als Kind im Garten spielte und zwei Polizisten die Einfahrt entlangkamen.

Jamies entspannte Körperhaltung verschwand augenblicklich und eine Frau, deren Wut und Traurigkeit durch ihre Erinnerungen heraufbeschworen wurden, saß plötzlich steif und mit eisiger Kälte in ihren Augen Frankie gegenüber. „Der Typ hatte nur ein kaputtes Rücklicht, als mein Vater ihn anhielt. In dem Moment, als mein Vater an der Fahrertür ankam, schoss der Mistkerl einfach auf ihn. Er wurde mit Haftbefehl gesucht."

Jamie erschauderte, als sie daran dachte. Es waren die schlimmsten drei Tage ihres Lebens gewesen, in denen ihr Vater an der Beatmungsmaschine hing und niemand sagen konnte, ob er die Schussverletzungen überleben würde. Er hatte gerade Feierabend machen wollen, es war heiß gewesen und er hatte die kugelsichere Weste ausgezogen. Was sollte denn schon passieren, es war reine Routine.

Und genau das war es, was sie seit diesem Tag für immer prägte. Es gab keine Routine, die ein ‚mal eben kurz' erlaubte. Sie wollte niemals ihrer Mutter den gleichen Schmerz zufügen. Erst recht nicht nach Tommys Tod.

Sie schaute auf, als sie merkte, wie Frankie sich auf ihren Schoß setzte, ihr Gesicht in beide Hände nahm, um sie zu küssen. Es war kein leidenschaftlicher Kuss, es war ein Hauch von einem Kuss. Ein Kuss, der Verständnis und Unterstützung ausdrückte.

„Es muss schwer für deine Mutter gewesen sein, als du zur Polizei gingst."

„Ja, das war es. Sie hat geweint, aber sie verstand es auch." Jamie wollte darüber nicht mehr reden, sie wollte diesen schönen Abend nicht kaputtmachen und wechselte daher das Thema.

„Was ist mit deiner Familie?"

„Ich habe keinen Kontakt mehr zu ihnen." Frankie zuckte mit den Schultern, um zu zeigen, dass es ihr egal war. „Nach meinem Outing wollte sie nichts mehr mit mir zu tun haben."

Jamie schlang ihre Arme um Frankies Hüften und zog sie fester an sich.

„Das tut mir leid."

„Muss es nicht. Es ist lange her und bedeutet mir nichts mehr.“

Jamie fing an, ihren Hals zu küssen, doch Frankie spürte, wie sich ihr Herz bei der Lüge, was ihre Familie anging, zusammenzog. Aber eine Lüge, die man ein ganzes Leben lang immer wieder erzählt hatte, kam einem irgendwann wie die Wahrheit über die Lippen.

Sie hatte es eben schneller ausgesprochen, als sie es gewollt hatte, doch jetzt war es gesagt.

Die Ausflucht war ihr zur Gewohnheit geworden und es war eine Aussage, die jeder verstand und wodurch sich dann das Thema Familie in solchen Gesprächen wie von selbst erledigte. Sie wollte das, was sie mit Jamie hatte, nicht durch ihre düstere Vergangenheit zerstören. Sie wusste, dass irgendwann der Punkt kommen würde, an dem sie ihr alles erzählen würde.

Aber nicht heute, irgendwann später. So spät, wie es nur ging. Sie wollte es ihr erzählen, aber was dann? Jamie würde sie nach dieser Offenbarung mit anderen Augen sehen und definitiv gehen. Ihre Augen würden dann nicht mehr so strahlen und voller Lebenslust und Leidenschaft sein. Sie würde sie nur noch angewidert und enttäuscht betrachten!

Ja, das würde Jamie tun, und das könnte sie niemals ertragen. Frankies Gedanken überschlugen sich, schlugen einen Weg ein, der unvermeidlich war.

Sie traf hier und jetzt eine Entscheidung. Sie würde ihr die Wahrheit niemals erzählen und das, was auch immer sie mit Jamie verband, so lange genießen, wie es irgend ging.

Sie küsste Jamie leidenschaftlich und klammerte sich an sie wie eine Ertrinkende. Sie wollte, dass es niemals endete. Jamie spürte, dass ihre Geliebte Gedanken nachhing, die sie weit weg geführt hatten, daher zog sie die Schönheit noch fester an sich, ließ ihre Hände unter den Po ihrer Frau gleiten und hielt sie fest, als sie aufstand. Frankie legte ihre Arme um Jamies Nacken und schlang die Beine um ihre Hüften, als Jamie sie daraufhin ins Schlafzimmer trug.

KAPITEL 35

Als Frankie im Bett aufwachte, vermisste sie sofort die Wärme, an die sie sich so schnell gewöhnt hatte. Sie legte ihren Arm nach hinten und suchte nach Jamie. Sie drehte sich um und sah, dass das Bett leer war. Die Uhr auf dem Nachtschrank zeigte drei Uhr morgens an. Sie richtete sich auf und sah, dass das Licht im Wohnzimmer eingeschaltet war. Frankie warf sich schnell ein T-Shirt über und lief ins Wohnzimmer.

Sie blieb kurz stehen, als sie sah, wie Jamie am Fenster stand und ihre Arme um sich geschlungen hatte. Es sah aus, als würde sie in die Nacht hinausblicken. Frankie konnte jedoch sehen, dass Jamie ganz in Gedanken vertieft war, und auch ihr Körper schien angespannt zu sein. Sie wusste nicht wirklich, was sie tun sollte.

Sie wollte für sie da sein. Etwas sagte ihr jedoch, dass das, was in Jamie vorging, etwas Düsteres war. Ihre Körpersprache und die Tatsache, dass sie Frankie so gar nicht wahrgenommen hatte, als sie den Raum betreten hatte, zeigten ihr, dass Jamie in ihren Gedanken völlig gefangen war. Ohne weiter zu zögern, ging sie auf Jamie zu. Als sie hinter ihr stand, legte sie beide Arme um Jamies Taille.

Jamie spürte, wie sich zwei Arme um sie legten, und es fühlte sich gut an. Sie hielt die Hände fest, lehnte sich zurück, legte ihren Kopf auf die Schulter hinter sich und schloss für einen Moment die Augen.

Halt mich fest! Eine Stimme schrie diesen Satz beinahe in ihrem Kopf und sie atmete ganz tief durch. Sie wurde festgehalten und sie war nicht allein. Sie fühlte sich in diesem Moment angekommen.

„Worüber denkst du nach, dass du nicht schlafen kannst?"

Jamie antwortete nicht. Sie wollte nur diesen Moment genießen.

„Schließ mich nicht aus", hauchte die Stimme leise an ihrem Ohr.

Jamie drehte sich um, vorsichtig, um die Umarmung nicht zu brechen. Sie schaute Frankie tief in die Augen, und als sie Sorge darin sah, fühlte sie sich, als hätte sie einen Hieb abbekommen. Sie wollte diese Sorge nicht sehen, diese Augen sollten nur vor Freude strahlen.

Jamie löste sich aus der Umarmung, nahm Frankies Hand und zog sie mit sich aufs Sofa. Sie fuhr sich nervös durch die Haare, aber sie wollte reden. Sie war am richtigen Ort, es war der richtige Zeitpunkt und Frankie war die richtige Person. Die Frau, die sie berührt hatte, nicht nur körperlich, sondern auch ihr innerstes Wesen. Sie war bereit, Frankie alles zu erzählen.

„Es geht um meinen Bruder Tommy." Sie blickte zu Frankie auf und sah einen fragenden Blick.

„Tommy war sechs Jahre jünger als ich. So gesehen, ein kleiner Unfall meiner Eltern."

Frankie entging nicht die Vergangenheitsform, sie wusste zwar nicht, was sie erwarten würde, aber der Schmerz in Jamies Augen bereitete ihr Unbehagen. Sie nahm Jamies Hand in ihre und drückte sie sanft.

„Ich studierte damals Jura auf dem College von Boston. Ich wollte nicht weit weg von zu Hause sein und lebte im Wohnheim. Tommy und ich waren uns sehr nah. Er folgte mir damals überallhin. Ob zum Baseballspiel oder wenn ich mich mit Freunden traf, er lief mir immer hinterher.

Eines Tages sollte ich ihn von der Schule abholen. Ich hab das oft gemacht, wir sind dann immer heimlich ein Eis essen gegangen vor dem Mittagessen. An diesem besagten Tag kam ich das erste Mal mit Anna ins Gespräch. Ich schwärmte schon lange für sie und dachte mir, was soll's, Tommy kann schon zehn Minuten warten. Gar kein Problem."

Frankie sah Jamies pochende Halsschlagader und spürte, wie ihre Hand feucht wurde.

„Als Tommy aus der Schule kam, fuhr ein schwarzer SUV vorbei und jemand schoss aus dem Fahrzeug. Es stellte sich heraus, dass ein anderes Gangmitglied gerade an der Schule vorbeiging. Ihm hatten die Schüsse gegolten, doch eine Kugel traf Tommy ins Herz."

Frankie sah, wie sich Tränen in den Augen ihrer Geliebten sammelten und sich nach einem Blinzeln den Weg über ihre Wangen bahnten, in kürzester Zeit war ihr Gesicht tränenüberströmt.

Sie begriff sofort, dass Jamie sich die Schuld am Tod ihres Bruders gab und deswegen zur Polizei gegangen war. Sie wollte auf diese Weise immer wieder versuchen, Ähnliches zu verhindern.

Frankie zog Jamie an sich. „Schsch, es war nicht deine Schuld."

Sie streichelte über die kurzen, schwarzen Locken und bewegte sich langsam schaukelnd mit ihrer weinenden Geliebten in ihren Armen hin und her.

„Es war nicht deine Schuld."

„Wenn ich rechtzeitig da gewesen wäre, hätte ich es verhindern können."

„Nein, Jamie, wenn du da gewesen wärest, hättest du es mit angesehen. Es war nicht deine Schuld."

Frankie küsste Jamies Kopf und streichelte beruhigend mit der Hand über ihren Rücken.

Sie wusste nicht, wie lange sie so dasaßen, wobei Frankie immer und immer wieder den gleichen Satz zu ihr sagte. Als Frankie spürte, dass Jamie aufhörte zu weinen und anfing, sich zu entspannen, löste sie sich von ihr.

Sie stand auf, nahm wortlos Jamies Hand und zog sie mit ins Schlafzimmer. Keine von beiden sagte etwas. Sie zog die Bettdecke zur Seite und legte Jamie ins Bett. Sie schlüpfte hinter Jamie, schlang ihre Arme um sie und hielt sie fest, bis sie merkte, dass Jamie eingeschlafen war.

Erst da war sie gewillt, selber ihre Augen zu schließen, endlich bereit, einzuschlafen.

KAPITEL 36

Jamie wachte am Morgen erfrischt auf. Sie fühlte sich anders, sie fühlte sich frei. Sie wusste nicht mehr, wie oft Frankie ihr gesagt hatte, dass es nicht ihre Schuld war, aber irgendwann glaubte sie ihr. Sie fühlte sich wie neu geboren.

Jamie drehte sich um und sah, dass Frankie noch immer schlief. Sie lächelte und küsste sie auf die Stirn. Schnell, aber bemüht, keinen Lärm zu machen, lief sie ins Badezimmer, um anschließend für sie beide Frühstück zu machen.

Als Frankie aufwachte, erinnerte sie sich ebenfalls gleich an die emotionale Achterbahnfahrt in dieser Nacht und dass sie für Jamie da sein wollte. Sie richtete sich auf und rieb sich den Schlaf aus den Augen.

Am Vorabend hatte sie noch gedacht, dass Jamie sie verlassen würde, wenn sie ihr ihr Geheimnis erzählen würde. Jetzt war sie sich dessen nicht mehr so sicher.

Aber wie sollte sie anfangen? Jamie hatte sich ihr anvertraut, und es fühlte sich gut an, für sie da zu sein. Sie selber würde ihr wohl auch alles erzählen können, was sie bedrückte, aber nicht gleich, nicht direkt am Morgen nach Jamies Nacht voller schmerzhafter Erinnerungen und der Last aus Selbstvorwürfen, von denen sie hoffte, sie habe ihrer Geliebten etwas davon abnehmen, sie vielleicht sogar davon befreien können.

Irgendetwas hatte sich in der Nacht verändert, sie wusste nicht was, aber sie fühlte sich Jamie so nah und verbunden wie noch nie einem Menschen zuvor.

Jamie spürte, dass sie jemand beobachtete, und drehte sich um. Frankie stand, nur mit einem T-Shirt bekleidet, im Eingang der Küche, ihre Haare vom Schlaf durcheinandergewirbelt und die Augen noch klein vom Schlafen. Frankie schaute ungläubig auf den gedeckten Tisch. Mit wenigen Schritten war Jamie bei ihr und küsste sie zur Begrüßung.

„Guten Morgen. Kaffee, meine Schöne?"

Frankie musste lachen und aus einem natürlichen Reflex wuschelte sie mit der rechten Hand durch Jamies Haar. Jamie protestierte zwar leicht, aber das Lächeln in ihren Augen zeigte ihr, dass es Jamie gefiel.

Sie setzten sich hin, beide schwiegen eine Weile und genossen die Getränke in ihren Tassen, bis Jamie sie anschaute. „Danke."

Frankie lächelte, als sie sah, wie Jamie anfing, auf dem Stuhl hin und her zu rutschen.

„Ich meine, wegen heute Nacht."

Frankie wusste, dass alles damit gesagt und weiteres Reden über dieses Ereignis nicht mehr erforderlich war.

„Gestern kam jemand zu uns ins Department und mir wurde eine Möglichkeit geboten, auf die ich unmöglich verzichten kann."

„Was für eine Möglichkeit?"

„Genaueres darf ich nicht sagen."

„Und was darfst du mir erzählen?"

„Mir bietet sich eine Chance, auf die ich seit langer, langer Zeit warte. Wenn ich diese nutzen, einfach alles zu Ende bringen kann, dann kann ich vielleicht endlich einen Schlussstrich ziehen. Wegen …"

„Wegen Tommy", fuhr Frankie für sie fort.

Jamie nickte. „Es würde alles verändern."

„Dann solltest du es tun“, sagte Frankie mit Nachdruck.

Jamie war überrascht, dass Frankie keine weiteren Erklärungen verlangte, aber dennoch wusste, wie wichtig es für sie selber war.

Als sie über den Tisch schaute, sah sie, dass Frankie ganz in Gedanken versunken war. Es war schon spät, beide mussten sich fertig machen. Jamie stand auf und brachte das Geschirr zum Waschbecken.

„Sehen wir uns heute Abend? Ich würde dir gerne etwas erzählen“, fragte Fankie leise.

Jamie war irritiert, als sie Frankies gequälten Gesichtsausdruck sah. Sie ging vor Frankie in die Hocke und nahm ihre Hände.

„Ja, ich würde nichts lieber tun, als dich heute Abend zu sehen.“

Frankies Augen strahlten in diesem Moment, sie beugte sich vor und küsste die Frau, die sie auf so verwirrende Weise so tief berührte.

KAPITEL 37

Gleich als Erstes ging Jamie zu Lieutenant Morales, um ihm zuzusagen. Er war nicht überrascht, nickte und gab ihr die Adresse, zu der sie mit Cooper fahren sollte.

Das schäbige Gebäude war nicht das, was sie erwartet hatte. Es lag in einem Industriegelände. Anscheinend war es eine alte Fabrik, mit den typischen roten Klinkersteinen und großen, alten Fenstern in der Fassade.

Ein großer, schäbiger Lastenaufzug brachte sie in den ersten Stock. Es war eine mächtige Halle, in die sie der Aufzug entließ, es gab dicke Stützpfeiler im Raum und immer zwei Schreibtische standen sich gegenüber. Auf der linken Seite war eine Wand, die voller Fotos hing, sie waren in einer Pyramide angeordnet und zeigten die Hierarchie des Syndikates, das es zu bekämpfen galt. Nadeln und Bändern waren über Blätter verteilt, die die Verbindungen der Mafiamitglieder zueinander darstellten.

Agent Smith begrüßte sie und führte sie in das einzige Büro am Ende des Flurs.

„Detectives", er nickte ihnen zu, „es freut mich, dass Sie dabei sind. Ich denke, mit Ihren Verbindungen werden wir es endlich schaffen."

Jamie schaute ihn skeptisch an, aber seine Augen zeugten nicht von Spott, sondern waren siegessicher. Sie wusste, dass sie es bald herausfinden würde.

„Wir haben eine Bedingung, bevor wir anfangen", sagte Jamie.

Smith nickte und blickte sie abwartend an.

Jamie straffte sich und sagte dann in festem Ton: „Ich kenne Ihre Leute nicht, ich vertraue ihnen nicht. Ich will meine eigenen Leute dabei haben."

Smith schaute sie an, sie wusste nicht, was er versuchte, aus ihr zu lesen.

„Wen stellen Sie sich vor?"

„Kevin Lewis, Robert Kennedy und Jessica West."

„Okay."

„Was, das ist alles?"

„Detective Johnson, Sie denken doch nicht, dass ich unvorbereitet war. Ich kenne Ihre Akte, ich weiß, mit wem Sie zusammenarbeiten. Ich kenne jede Person aus Ihrem Department. Ich arbeite schon lange mit ihrem Lieutenant zusammen. Holen Sie Ihre Leute an Bord und dann lassen Sie uns anfangen."

Cooper und Jamie nickten und verabschiedeten sich.

Als sie bei ihren Kollegen ankamen, musste sie lachen, als sie deren ungläubige Gesichter sah, nachdem sie ihnen sagte, sie sollten alle ihre Sachen packen. Sie erzählte ihnen kurz und knapp, worum es ging, und jeder Einzelne war bereit, den Weg mit ihr zu gehen.

Als die Gruppe gemeinsam das alte Industriegebäude erreichte, sah Jamie in fragende Gesichter.

„Wow, Special Unit. Für special ist das Budget aber ganz klein gehalten worden." Lewis grinste.

„Okay, Jamie, was sollen wir tun?" Jess' Augen strahlten wie die eines kleinen Kindes im Bonbonladen. Sie konnte es nicht mehr erwarten, loszulegen.

„Sie werden gar nichts tun." Smith kam auf sie zu.

Jess zog eine Grimasse. Sie mochte Smiths arrogante Art nicht.

„Kommen Sie mit." Er führte sie zur rechten Seite, wo vier Schreibtische zusammengeschoben standen, auf denen mehrere Pappkartons standen.

„Hören Sie mir jetzt genau zu." Er tippte mit dem Zeigefinger auf eine der Schachteln. „Das ist alles, was wir haben. Sie werden diese Akten lesen. Sie werden den Inhalt in- und auswendig lernen. Ich werde Ihnen einen meiner Mitarbeiter zur Verfügung stellen, der alle aufkommenden Fragen beantwortet."

Er sah jeden Einzelnen eindringlich an, als wolle er seinen Worten Nachdruck verleihen, und ließ dann seine Augen zum nächsten wandern.

„Unser Undercovermann hat sich gemeldet. Für morgen Abend ist ein Drogendeal geplant. Ort und Uhrzeit werden noch durchgegeben."

„Wer ist dieser Informant?", fragte Jamie.

„Das ist streng vertraulich."

„Wir werden morgen zuschlagen. Wir zeigen, dass wir ihnen auf der Spur sind und können sie richtig durchschütteln. Wir werden sie nervös machen, bis sie Fehler begehen. Sie werden merken, dass wir unsere eigenen Quellen haben, und sie werden sich gegenseitig verdächtigen und ihr Misstrauen wird wachsen.

Es wäre dann das zweite Mal, dass sie in kürzester Zeit gestört werden, und das wird sie umso mehr beunruhigen. Genau das wollen wir. Unsicherheit verbreiten, Misstrauen säen. Wenn wir ganz großes Glück haben, werden sie sich gegenseitig verraten, und dann wird einer von ihnen zu uns kommen und nach einem Deal verlangen, um seinen Arsch zu retten. Doch das ist bis jetzt Wunschdenken, das hier ist jetzt wichtiger."

Mit diesen Worten öffnete er einen der Kartons und warf die erste Akte auf den Tisch.

„Es ist mir egal, wie lange Sie heute brauchen. Ich erwarte von Ihnen allen, dass Sie morgen mit allen Details vertraut und bestens vorbereitet sind.“ Damit drehte er sich um und ging.

Kennedy öffnete die anderen Kartons und schaute hinein. „Oh Mann, das wird die ganze Nacht dauern.“

Ein Raunen ging durch die Runde.

Jamie setzte sich hin und nahm eine Akte in die Hand.

„Lasst uns anfangen. Je schneller wir hier durch sind, desto schneller können wir nach Hause.“

Als sie sah, wie ihre Kollegen sich hinsetzten und Cooper sie zweifelnd ansah, ahnte sie, dass sie es heute Nacht nicht nach Hause schaffen würden. Sie musste unbedingt Frankie anrufen und ihr Bescheid sagen.

Es war das erste Mal, dass in ihr der Gedanke aufkam, unbedingt die Frau anrufen zu müssen, die auf sie warten würde.

Früher hatte sie ihre Freundinnen angerufen, wenn sie zufällig daran dachte, meist jedoch dachte sie nicht einmal daran. Es war ihr schlichtweg egal gewesen.

Doch Frankie wollte sie anrufen, damit sie Bescheid wusste, dass sie heute Nacht nicht erreichbar sein würde. Und wenn sie ehrlich zu sich selbst war, wollte sie auch ihre Stimme hören. Jamie war sich absolut sicher, dass Frankie sie verstehen würde.

KAPITEL 38

Frankies Schicht war zu Ende und Kim hatte sie zum Abendessen eingeladen. Sie wollte einen Mädelsabend machen und einfach quatschen, den anderen erzählen, was die letzten Tage so alles passiert war. Doch als sie sah, wie Frankies Wangen ein leichtes Rosa annahmen, zog Kim die Augenbraue hoch. Sie zog Frankie in ein leeres Untersuchungszimmer und starrte sie beharrlich an.

Ehe sich's Frankie versah, hatte sie Kim alles erzählt. Es sprudelte regelrecht aus ihr heraus. Sie wollte ihr Glück unbedingt mit ihrer besten Freundin teilen. Kim umarmte sie und drückte sie leicht. Kim wusste, dass sie Frankie in nächster Zeit nicht zu Gesicht bekommen würde, und sie wollte es auch unbedingt Bev erzählen, daher entschied sie, dass sie sich in den nächsten Tagen mit Frankie treffen wollten. Falls Frankie mochte, könnte sie Jamie mitbringen. Diese Einladung brachte Frankie zum Strahlen.

Frankie war glücklich und es schien, als würde ihr Leben langsam in normale Bahnen gelenkt werden.

Endlich konnte sie nach Hause und Jamie sehen.

Frankie hatte schon den ganzen Tag über ihre Situation nachgedacht und entschieden, dass sie Jamie so bald wie möglich alles offenbaren wollte. Es sollte keine solchen Geheimnisse zwischen ihnen geben, sie wollte sich eine

Zukunft mit ihr aufbauen, sie wollte, dass es ein Morgen gab.

Sie verließ die Notaufnahme und ging hinaus vor das Gebäude. Mit geschlossenen Augen nahm sie einen tiefen Atemzug, füllte ihre Lungen mit der frischen Abendluft. Ein Gefühl von Leichtigkeit nahm seinen Ursprung in ihrer Brust und breitete sich weiter in ihrem gesamten Körper aus. Sie fühlte sich das erste Mal seit vielen Jahren endlich wieder glücklich.

Ihr Handy klingelte und sie wusste gleich, dass es Jamie war. Ohne auf das Display zu schauen, ging sie ran.

„Hallo."

„Hey", kam es aus dem Hörer.

„Wann bist du zu Hause?" Frankie sprach die Frage aus, bevor sie darüber nachdenken konnte.

Frankie hielt kurz inne und merkte, dass es sie nicht störte, Jamie diese Frage mit den Worten 'nach Hause' zu stellen. Sie hörte hektische Hintergrundgeräusche, die immer lauter wurden. Um sie selbst herum herrschte Stille.

„Mmh … es ist so. Hier überschlagen sich gerade die Ereignisse und ich …"

Frankie bemerkte das Drucksen ihrer Gesprächspartnerin.

„Du schaffst es nicht." Sie hörte Jamie schwer ausatmen.

„Ich wünschte, ich könnte."

„Jamie, ich weiß, wie wichtig das für dich ist. Bitte hab kein schlechtes Gewissen."

„Aber …" Jamie versuchte, etwas zu erwidern, doch die Ärztin ließ sie nicht zu Wort kommen.

„Nichts aber. Du tust, was du tun musst." *Und ich werde tun, was ich tun muss, damit wir beide eine Chance haben.*

„Hör zu, wir sehen uns morgen und dann …", sagte Jamie.

Sie schloss kurz die Augen, seufzte und sprach dann weiter: „Gott, weißt du eigentlich, wie verrückt ich nach dir bin? Wenn ich mir vorstelle, was ich mit dir heute Abend alles tun würde! Ich würde dich küssen, nachdem ich die Türe hinter mir geschlossen habe, langsam mit meinen Lippen zu deinem Hals wandern, meine Zunge darüber gleiten lassen. Weißt du eigentlich, wie sehr es mich anmacht, dort direkt zu spüren, wie dein Puls schneller wird, wenn wir uns lieben? Meine Hände würden unter deine Bluse wandern …"

Frankie schloss die Augen, ihr wurde ganz heiß, als sie sich vorstellte, wie gut sich Jamies Berührungen anfühlten. Sie spürte, wie es zwischen ihren Beinen anfing zu pochen.

„Dann würde ich dir langsam die Bluse ausziehen und jeden Zentimeter freigelegte Haut mit meinem Mund erkunden, bis ich die weichen Rundungen deiner Brüste erreiche …"

Frankie hörte durchs Telefon, wie Jamies Name gerufen wurde, und kam schnell wieder zu sich.

Jamies Stimme war ganz rau geworden, während sie sprach. „Ich wünschte, ich wäre jetzt bei dir."

„Ich mir auch."

Für eine ganze Weile schwiegen beide, hingen ihren Gedanken nach, doch sie hörten den Atem der jeweils anderen durchs Telefon.

„Jamie ich …" *liebe dich?* Frankies Stimme brach. Sie räusperte sich: „Ich muss mit dir reden."

„Wie wichtig ist es? Ich könnte heute noch kurz vorbeikommen."

Frankie wollte nicht alles auf die Schnelle erzählen müssen und wiegelte ab: „Nein, wichtig ist es schon, aber nicht so wichtig." Sie spürte, wie sich Angst in ihr ausbreitete. „Ich möchte dir nur etwas erzählen. Aber es kann bis morgen warten."

Jamies Namen wurde schon wieder gerufen, dieses Mal eindringlicher.

„Ich muss los. Wir sehen uns morgen."

Frankie legte auf, sie atmete tief durch und machte sich auf den Weg zu ihrer Wohnung. Hätte sie das gerade fast gesagt? Und war es so, konnte sie wirklich schon sagen, dass sie Jamie liebte? Ihr Handy klingelte wieder, sie lächelte und fragte sich, was Jamie wohl vergessen hatte.

Lachend sagte sie: „Wolltest du noch mal kurz meine Stimme hören?"

„Ich brauche deine Hilfe." Es war nicht Jamies Stimme, die ihr aus dem Hörer entgegenkam.

Es war wie ein Blitz, der Frankie durch den Körper schoss. Sie blieb auf der Stelle stehen. Alles um sie herum verschwamm und ihr wurde schlecht.

„Woher hast du diese Nummer?"

Die Stimme auf der anderen Seite des Telefons klang gepresst: „Ich würde dich nicht anrufen, wenn ich die Wahl hätte, aber ich sehe keinen anderen Ausweg."

Frankie sagte nichts, sie war wie gelähmt.

„Er stirbt sonst. Bitte!"

Ein paar Autos weiter, auf dem Parkstreifen, entdeckte sie einen schwarzen SUV. Die hintere Tür wurde geöffnet. Warum hatte sie das Fahrzeug nicht vorher bemerkt? Sie war noch nie so unvorsichtig gewesen, ihre Umgebung derart aus den Augen zu lassen. Widerwillig ging sie zum Fahrzeug und stellte sich dabei nur die eine Frage:

Könnte ich damit leben zu wissen, dass ein Mensch durch mein Handeln stirbt?

Sie legte auf und stieg ein.

KAPITEL 39

Es war zwei Uhr morgens, als Kim die Tür ihrer Wohnung öffnete. Frankie stand vor ihr.

„Frankie, was ist passiert?“

Von Frankie kam kein Wort. Ihre Augen wanderten von einem Punkt zum nächsten, verharrten nie lange an einem Ort. Sie sah Kim nicht an. Kim schaute an ihr herunter und versuchte zu erkennen, ob Frankie verletzt war. Äußerlich sah sie nichts. In dem Moment, in dem Kims Augen Frankies Hals erreichten, sah sie kleine Blutspritzer. Sie zog ihre Freundin in die Wohnung und schloss die Haustür hinter ihr.

„Frankie, rede mit mir. Was ist passiert?“

Kim war kurz davor, Frankie eine Ohrfeige zu geben.

„Beverly!“ Kim brauchte die Nähe und Unterstützung ihrer Frau, weil sie die Situation massiv beunruhigte.

Beverly kam ins Wohnzimmer gelaufen und blieb verblüfft stehen.

„Was ist passiert?“

„Ich weiß es nicht. Frankie redet nicht mit mir.“ Hilfe suchend sah sie Beverly an.

Beverly ging auf ihre abwesend wirkende Freundin zu. „Frankie?“ Dabei schnippte sie einige Male dicht vor Frankies Gesicht und diese musste blinzeln.

„Bist du verletzt?“ Frankie schüttelte verneinend den Kopf.

„Komm mit." Beverly legte vorsichtig ihren Arm um Frankie und zog sie mit ins Badezimmer. Sie tauschte einen besorgten Blick mit Kim aus.

„Bringst du uns ein paar Klamotten ins Bad?" Kim nickte und ging rüber ins Schlafzimmer.

Langsam und behutsam half Beverly Frankie, sich von ihrer verschmutzten Kleidung zu befreien. „Schaffst du den Rest alleine?"

Frankie nickte und stieg in die Dusche, während Beverly den Raum verließ.

„Hat sie dir irgendetwas erzählt?" Kim stand besorgt und nervös im Wohnzimmer. „Nein." Beverlys Unruhe stand ihr ins Gesicht geschrieben, „Kein einziges Wort."

Kim und Beverly saßen schweigend auf dem Sofa im Wohnzimmer und warteten auf ihre Freundin. Die Tür vom Schlafzimmer ging auf und beide schauten gleichzeitig zu Frankie hoch.

„Hey, tut mir leid, dass ich euch so erschreckt habe." Frankie versuchte ein Lächeln, das ihr aber misslang. Sie setzte sich auf den Sessel, der dem Sofa gegenüberstand, auf dem die beiden Frauen auf sie gewartet hatten.

Sie legte ihre Hände in den Schoß und spielte nervös mit ihren Fingern.

Kim ging auf sie zu, kniete sich vor ihr hin und nahm Frankies Hände in ihre.

„Bitte, rede mit uns. Wir machen uns Sorgen." Seit sie bei ihren Freundinnen angekommen war, war es das erste Mal, dass sie Kim ansah. Sie atmete tief durch.

Frankie nickte und fing an zu erzählen, was passiert war. Als sie endete, herrschte völlige Stille im Raum.

„Als er mich anrief, konnte ich nicht Nein sagen, und das wusste er. Es ist so vieles hochgekommen, alles was ich versucht habe zu vergessen, war wieder da."

„Was gedenkst du, jetzt zu tun?"

„Ich weiß es nicht. Handynummer wechseln, obwohl ich bezweifle, dass es etwas bringt. In eine andere Stadt ziehen?“

Kim schüttelte den Kopf. „Und wieder von vorne anfangen? Nein, Frankie, du kannst nicht ständig davonlaufen. Du hast schon einmal dagegen gekämpft, sie dürfen dich da nicht wieder mit reinziehen. Sieh doch, was du dir hier alles aufgebaut hast.“

Frankie wusste, dass Kim recht hatte, doch wusste sie nicht, ob sie noch einmal die Kraft aufbringen könnte, dagegen anzukämpfen.

„Was ist mit Jamie? Willst du einfach so gehen? Wenn sie dir etwas bedeutet, musst du es ihr erzählen. Sie wird es verstehen und sie wird dir helfen.“

Frankie fuhr sich verzweifelt durch die Haare. „Gott, Jamie! Ich wollte ihr schon alles erzählen.“ Verzweifelt sah sie Kim an. „Ich will sie nicht verlieren. Ich habe sie doch gerade erst gefunden.

Wisst ihr, wie ich mich fühle, wenn sie bei mir ist? Wenn sie mich ansieht, verschwimmt alles, als würde nichts auf der Welt mehr zählen, nur wir beide. Und wenn sie mich berührt, verbrenne ich innerlich. Ich fühle mich sicher bei ihr. Aber ich möchte auch für sie da sein, sie vor allem beschützen, ich möchte alles von ihr wissen, alles mit ihr teilen - sie tut mir so unsagbar gut.“

Frankie sprang vom Sofa auf und lief durchs Wohnzimmer.

„Ich habe, seitdem sie bei mir ist, keinen einzigen Albtraum mehr gehabt. Ich fühle mich so unsagbar sicher und geborgen bei ihr.“

Sie drehte sich um und schaute auf ihre Freundinnen hinunter, die ihren Worten gebannt folgten.

Die zwei blickten in Frankies Augen. Ihre Worte hatten dort ein Feuer aus Emotionen entfacht, in den blauen Augen sprühten Funken von Entschlossenheit und es leuchtete der unbändige Wille zu kämpfen – um etwas, für das es sich zu kämpfen lohnte – die Liebe!

„Ich kann mir eine Zukunft mir ihr vorstellen."

Kim und Beverly lächelten bei dieser Aussage. „Und was hast du jetzt vor?"

„Ich werde mit ihr reden. Ich werde ihr alles erzählen. Ich werde mir mein Leben nicht noch einmal von ihnen kaputtmachen lassen.

Aber zuerst rede ich mit ihm und werde einen endgültigen Schlussstrich ziehen. Und wenn er damit nicht zurechtkommt, werde ich zur Polizei gehen. Ich weiß genug, und das weiß er auch. Danach werde ich dann mit Jamie reden und hoffen, dass sie mich nicht verlässt."

Kim stand auf, umarmte Frankie und drückte sie. Als sie einen Schritt zurückging, sagte sie: „Sie wird dich nicht verlassen."

Frankie sah in Kims Augen keine Zweifel. „Ich liebe sie." Es war das erste Mal, dass sie diese Worte aussprach, und es fühlte sich gut an.

Kim drückte ihren Arm und ein verständnisvolles Lächeln trat in ihr Gesicht „Ich weiß."

„Was? Woher?" Sie blinzelte verwirrt.

Beverly stand auf. „Ich denke, das reicht für heute."

„Ich erkläre es dir morgen früh", sagte Kim. „Jetzt brauchst du deinen Schlaf."

Beverly ging zu den beiden. „Frankie, du hast dir viel vorgenommen und du hast in den letzten Stunden viel durchgemacht. Als Erstes wirst du dein Handy abschalten und dann wirst du hier schlafen."

Frankie schaute sie fragend an. „Erstens", Beverly hob einen Finger, „ist es zu spät und ich bin froh, dass du unbeschadet hierher gefunden hast." Sie hob einen weiteren Finger: „Und zweitens, wenn er deine Handynummer hat, weiß er auch, wo du wohnst."

„Wenn er das nicht schon die ganze Zeit wusste", fügte Frankie hinzu.

„Du brauchst Ruhe und wir möchten nicht, dass du jetzt alleine in deine Wohnung fährst."

„Bev hat recht, Frankie."

Frankie nickte, Kim umarmte sie ein weiteres Mal. Sie brachte ihr noch schnell ein Bettlaken und frisches Bettzeug.

Als sie auf dem Sofa lag, fand sie keinen Schlaf.

Morgen würde sich alles ändern und sie würde erfahren, ob sie mit Jamie eine Zukunft hatte oder nicht. Nichts im Leben wünschte sie sich in diesem Augenblick mehr. Sie wusste nicht, wie spät es war, aber irgendwann wurde die Müdigkeit übermächtig, ihre Erinnerungen an die letzten Stunden verblassten. Doch eine Erinnerung war stark, ein Gedanke, der ein Bild vor ihrem inneren Auge erscheinen ließ. Ein Lächeln umspielte ihre Lippen, sie sah Jamie vor sich, dann schlief sie endlich ein.

KAPITEL 40

Frankie saß in ihrer Wohnung und spielte mit dem Prepaid-Handy in ihrer Hand. Es war schon später Nachmittag, als sie in ihre Wohnung gekommen war. Sie wusste nicht, wann sie bei Beverly und Kim eingeschlafen war, aber als sie aufwachte, waren beide schon zur Arbeit und es war schon fast Mittag.

Lange überlegte sie sich, welchen Schritt sie zuerst machen sollte. Sie überlegte hin und her. Aber am Ende entschied sie sich, erst einen endgültigen Schlussstrich zu ziehen und dann mit Jamie zu reden. Sie schrieb Kim auf einen kleinen Zettel, dass sie ihr Handy aus ließ, sich aber bei ihr melden würde.

Es sollte nach ihren Regeln laufen, sie wollte die Oberhand behalten. Er sollte wissen, dass sie zu ihm kam, weil sie etwas wollte, und nicht, weil er sie gerufen hatte.

So sehr sie sich wünschte, dass die Aussprache mit Jamie an erster Stelle kommen sollte, wusste sie doch genau, dass sie das hier vorher klären musste. Sie hatte es schon einmal gemacht und würde es jetzt auch schaffen. Für immer alle Brücken abreißen und dann sich mit Jamie eine Zukunft aufbauen.

Frankie holte einen Zettel aus ihrer Hosentasche, auf dem kein Name stand, nur eine Nummer und eine Uhrzeit. So lange wäre das Handy aktiv. Ihr Puls beschleunigte sich bei jeder Ziffer, die sie eintippte.

Als es klingelte, holte sie tief Luft, um sich zu beruhigen.

„Ja."

„Ich muss mit ihm reden."

„Warte." Sie hörte ein Rascheln und dann Gemurmel.

„Heute Abend."

„Wann und wo?"

Frankie notierte sich den Ort und die Uhrzeit und legte auf. Sie fiel nach hinten auf das Sofa, schloss die Augen und atmete einmal tief durch.

„Jetzt gibt es kein Zurück mehr", sagte sie zu sich selbst.

KAPITEL 41

Jamie klappte ihr Handy zu, Frankies Handy war immer noch ausgeschaltet.

Sie hatte versucht, Frankie morgens anzurufen, um ihr zu sagen, dass sie gerne noch kurz vorbeikommen wollte. Sie und ihr Team hatten die ganze Nacht mit der Aktendurchsicht verbracht und beendeten das Ganze, als die Sonne aufging.

Alle waren erschöpft und es machte keinen Sinn mehr, noch weiterzulesen. Keiner hätte noch etwas behalten können. Sie entschieden sich, aufzuhören und nach Hause zu fahren. Als Cooper sich verabschiedete und lachend meinte, dass er Ärger von seiner Frau kriegen würde, da er ja nicht mehr der Jüngste sei, sie ihm aber während ihrer Schimpftirade Frühstück zubereiten würde, nickte Jamie verstehend und lachte mit ihm.

Jamie wollte zu Frankie. Sie kaufte ein paar Bagels, dazu noch Kaffee und freute sich. Doch Frankies Tür blieb verschlossen, als sie klingelte. Sie nahm ihr Handy und rief sie an. Nachdem Frankies Telefon aus war, machte sie sich Sorgen. Die einzige Erklärung, die Jamie für sich fand, war, dass Frankie für einen Notfall ins Krankenhaus gerufen worden war, und da wollte sie sie nicht stören. Jamie entschied sich, nach Hause zu fahren, eine Dusche zu nehmen und sich kurz hinzulegen. Sie würde Frankie später anrufen.

Später, als sie sich alle wiedertrafen, konnte sie einen kurzen Augenblick Zeit stehlen und versuchte, ihre Geliebte zu erreichen, doch das Handy war immer noch aus. Sie schaute auf das Telefon in ihrer Hand und fragte sich, was los war. Sie würde, wenn es die Möglichkeit gab, kurz von hier wegfahren, direkt ins Krankenhaus.

Falls sie Frankie dort nicht antraf, würde sie ihre rothaarige Freundin Kim fragen.

Frankie hatte ihr erzählt, dass es Kim gewesen war, die ihr damals verraten hatte, wann sie Feierabend hatte. Jamie schob ihr Handy in die Hosentasche und ging zurück zu den anderen.

„Alle zuhören!“ Smith stand mit einem ernsten Gesichtsausdruck im Türrahmen seines Büros.

„Das hier ist ein Karton.“

„Offensichtlich“, murmelte Jess grinsend.

„Ich werde damit alle Handys einsammeln.“ Er hob die Hand und signalisierte damit allen, dass er keinerlei Widerspruch oder Fragen zulassen würde.

„Ihr bekommt sie alle wieder. Ich werde den Karton mit ins Büro nehmen und versiegeln. Das heißt, eure Mobiltelefone werden nicht durchsucht. Heute Abend geht es los und ich will nicht, dass ihr eure Handys benutzt. Keiner verlässt das Gebäude, jeder meldet sich bei mir ab und wieder an, falls er weg muss. Verlässt einer die Gruppe, hat er das vorher mit mir abzustimmen.“

Smith ging mit dem Karton von einem zum anderen und alle legten ihre Handys hinein. Als er mit Jamies Tisch fertig war, drehte sich Kennedy um und beobachtete Smith. „So viel zum Thema Vertrauen.“

Als Smith in sein Büro ging, wurde Kennedys Hals ganz lang und er warf einen Blick in den Raum, bevor sich die Tür hinter Smith schloss.

„Ich fasse es nicht. Er hat einen Jammer im Büro stehen! Da geht wohl jemand auf Nummer sicher.“

„Er wird schon einen Grund haben, warum er alle elektronischen Signale stört. Falls jemand ein Zweithandy dabei hat, kann er es nicht mehr benutzen, und falls einer rausgeht, um jemanden zu warnen, weiß Smith auch Bescheid, wer das Gebäude verlassen hat. Ich kenne die anderen nicht und vertraue ihnen auch nicht.“ Jamie zuckte mit den Schultern. Sie fragte sich, wie viele Personen im Dezernat käuflich waren, sodass Smith selbst bei seiner handverlesenen Truppe immer noch vorsichtig war.

Wie tief geht das Ganze? Jamie kniff die Augen leicht zusammen, ihr Misstrauen stand ihr ins Gesicht geschrieben.

Die Tür zu Smiths Büro öffnete sich wieder und der Agent kam erneut zu ihnen, dabei hatte er etwas in der Hand.

„Heute Abend geht es los. Die Besprechung ist in einer Stunde. Hier sind die aktuellen Informationen.“ Smith warf auf jeden Tisch ein paar Zettel und ging wieder.

Jamie resignierte, sie konnte Frankie noch nicht einmal anrufen, geschweige denn, sie heute Abend sehen.

KAPITEL 42

Das Briefing hatte begonnen, alle Beteiligten trafen sich, um ihre Instruktionen zu bekommen und letzte Informationen über eventuelle Änderungen zu erhalten.

„Das Treffen wird im Conley Container Terminal stattfinden. Ein Strohmann ist der Besitzer von Getaway Im- und Export."

Satellitenbilder wurden gezeigt, die Teameinteilung und der weitere Ablauf wurden besprochen.

„Johnson, Sie bleiben mit Ihrem Team hinten."

Jamie wollte gerade aufspringen und losschimpfen, doch Smith fuhr mit seinen Ausführungen und dem Briefing einfach fort.

Als er später in seinem Büro war, wurde die Tür mit einem gewaltigen Ruck aufgestoßen, sodass sie gegen die Wand krachte. Im selben Moment schoss Jamie in den Raum.

„Was soll das? Wozu wollten Sie mich überhaupt dabei haben?" Zorn klang in ihrer Stimme mit.

„Ich habe Ihrem Lieutenant versprochen, Sie nicht unnötig in Gefahr zu bringen."

„Ich bin fit, das Ganze ist jetzt sechs Wochen her." Jamie stemmte die Hände in die Hüften und schob ihr Kinn angriffslustig nach vorne.

„Johnson, ich kenne Ihren Lieutenant länger, als Sie denken. Ich wollte Sie an Bord haben und das war seine

Bedingung. Daran halte ich mich, keine Widerworte! Machen Sie sich fertig, wir brechen in dreißig Minuten auf!" Smith widmete sich seinen Akten und zeigte ihr damit, dass für ihn die Unterhaltung beendet war.

Jamie drehte sich um und ging hinaus. Sie ließ sich aber nicht den kleinen Triumph nehmen, sein Büro einfach zu verlassen und die Tür zu ignorieren.

„Und? Was haben wir verbrochen, dass wir hinten bleiben müssen?"

Jamie drehte sich zu Jess um und wedelte verachtend mit der Hand. „Irgendetwas von Freundschaft zum Lieutenant und gewissen Bedingungen."

„Man muss nicht immer vorne dabei sein. Jeder leistet seinen Beitrag ", versuchte Cooper in einem ruhigen, motivierenden Tonfall zu sagen.

„Ja klar, Cooper, das sagen sie immer. Das ist wie beim Sport in der Schule. Wenn du als Letzter gewählt wirst, weißt du auch, dass du der schlechteste Spieler bist."

Nach Lewis sagte nun auch Kennedy etwas dazu: „Ich habe kein Problem damit. Solange ich abends nach Hause zu meiner Frau komme, ist mir alles recht."

„Macht euch fertig, wir brechen in zwanzig Minuten auf." Damit drehte sich Jamie um und ging.

Eine kleine Stimme in ihrem Kopf sagte ihr, dass Kennedy recht hatte, auch sie wollte unbeschadet nach Hause.

KAPITEL 43

Gabelstapler fuhren mit Paletten durch die Gegend. Kräne be- oder entluden riesige Containerschiffe. Lkw mit Containern fuhren aus dem Hafen hinaus. Überall waren Menschen, hektisches Treiben beherrschte die Szenerie, man hörte laute Rufe und erkannte wildes Gestikulieren. Es sah zwar nicht so aus, aber es war ein kontrolliertes Chaos.

Jamies Herz hämmerte gegen ihre Brust. Sie schaute auf ihre Hände und sah, dass diese zitterten. Sie spürte Coopers Augen auf sich ruhen, langsam drehte sie sich zu ihm um und sah seine Besorgnis.

„Alles okay?"

„Ich hätte nicht gedacht, dass ich nach der Messerattacke so stark hierauf reagiere."

„Jamie, das ist ganz normal, du wurdest angegriffen und schwer verletzt. Du wurdest mit dem Tod konfrontiert, von dem wir wissen, dass er uns in unserem Beruf begleitet, wir aber genau das immer nicht wahrhaben wollen. Mit der Zeit wird es besser. Die Angst darf nur niemals die Oberhand gewinnen."

Jamie blickte sich um und sah ihr Team.

Auch wenn Lewis und Jess sich beschwerten und in ihrem Eifer an vorderster Front stehen wollten, war sie selbst froh, dass sie dort nicht sein mussten. Die Informationen, die sie bis jetzt erhalten hatten, ließ das Blut in ihren Adern gefrieren. Diese Familie herrschte mit eiserner Hand und jeder Fehler wurde mit dem Tod bestraft. Morde, die ihnen zugeschrieben wurden, sorgten durch ihre Grausamkeit, die durch die Ermittlungen ersichtlich wurden, dafür, dass sogar Cooper schlecht wurde. Er hatte schon viel gesehen, aber dies erschütterte den erfahrenen Ermittler bis ins Mark.

Sie wusste nicht, was passieren würde, wenn sie dort hineinstürmten, aber es war ihr ganz recht. Sie hatte ihre Leute mit ins Boot geholt und die Gefahr unterschätzt. Wenn ihnen etwas zustieße, trug sie die Verantwortung dafür.

Die Position der Verdächtigen wurde durchgegeben.

„Die Wärmebildkamera zeigte gerade elf verdächtige Personen. Zwei im oberen Stockwerk, anscheinend Mitarbeiter. Sechs in der Mitte, sie verhielten sich ganz ruhig. Zwei hielten sich abseits auf, dreißig Meter vom hinteren Ausgang weg, anscheinend führten sie eine hitzige Diskussion. Eine Person befand sich zwanzig Meter vom hinteren Ausgang entfernt."

Keiner von ihrem Team sagte auch nur ein Wort und Jamie blickte in die Runde. Jeder Einzelne nickte ihr zu. Sie kontrollierte Coopers Weste, er kontrollierte ihre. Kennedy prüfte gleichzeitig Lewis' Weste und umgekehrt. Als sie sich umdrehte, sah sie, dass Lewis die Weste von Jess ebenfalls gründlich checkte. Sie ging zu ihr und gab ihr einen kameradschaftlichen Klaps auf die linke Schulter: „Willkommen im Team, Jess."

Sie stellten sich ans Fahrzeug und stiegen auf.

Jamie verschaffte sich einen Überblick über das Feld der Transporter und Pkw, deren Besatzungen auf das Signal warteten. Durch die Position, an der sich ihr Wagen befand, würden sie als Letzte ankommen.

Sie waren weit entfernt. Wenn sie dort auftauchten und alles gut ginge, wären sie erst da, wenn alles vorbei war.

„Zugriff!", hörte sie über den Lautsprecher ihres Ohrmikrofons, und im selben Moment fuhr das Fahrzeug los.

Sie sah, wie sich die ersten Fahrzeuge näherten und wie die Menschen aus dem Weg sprangen. Manche drehten sich um, schauten zu, während sich andere in Sicherheit brachten.

Die ersten zwei Fahrzeuge kamen gleichzeitig an, wie geplant. Die Insassen sprangen hinaus und liefen zur Tür. Jamie hörte den verräterischen Knall von Blendgranaten und sah erste Agenten ins Gebäude stürmen.

Sie konnte die Worte noch nicht hören, aber aus Erfahrung verband sie die Mimik und die Mundbewegungen ihrer Kollegen mit den bekannten, kurzen Kommandos, die jede Einsatzkraft im Schlaf kannte.

Jamie versuchte, alles um sich herum auszublenden, und sie konzentrierte sich. Bis jetzt war kein einziger Schuss gefallen.

Als sie „Alles gesichert" hörte, spürte sie, wie die Anspannung von ihr abfiel. Sie wusste, dass es auch den anderen so ging.

Doch etwas in ihr überlegte und haderte mit der Situation. Etwas stimmte hier nicht, scheinbar gab es kaum wirkliche Gegenwehr oder auch nur die Andeutung eines Problems, es lief alles viel zu glatt!

Ihr Team war das Letzte, das eintraf. Sie hatte die Information, dass sich die ganze Situation schon beruhigt hatte und alles gesichert war. Smith stand ganz entspannt vor dem Eingang.

Sie nickten sich zu und Jamie betrat die Halle. Die ersten Verdächtigen, die sie sah, knieten mit über dem Kopf verschränkten Händen, ihnen wurden gerade Handschellen angelegt.

Sie ging weiter und sah zwei Taschen auf dem Tisch stehen. Was sich darin befand, wusste sie nicht. Aber es war der Grund, warum sie hier waren.

Als sie ihren Blick weiter in den hinteren Bereich wandern ließ, stockte ihr der Atem. Von jetzt an spielte sich für sie alles in Zeitlupe ab.

Frankie? Sie erkannte ihre Geliebte und erschrak.

Sie sah die Blonde knien, wie die anderen Verdächtigen auch, und sie hielt ebenfalls ihre Hände im Nacken verschränkt.

Frankie hielt ihren Blick gesenkt, weil die Position ihrer Arme sie dazu zwang, den Kopf nach vorne zu neigen.

Erst nachdem ein Beamter hinter sie getreten war, erst den einen, dann den zweiten Arm vom Kopf hinter ihrem Rücken zusammenführte, um ihr Handschellen anzulegen, hob sie langsam den Kopf. Ihre Augen folgten parallel der Kopfbewegung aufwärts, und dann traf ihr gepeinigter Blick auf den fassungslosen Ausdruck in den Augen ihrer Freundin.

Was tust Du hier?, schoss es der Polizistin wieder und wieder durch den Kopf. Jamie versuchte, in diesem Blick Antworten zu finden, eine Erklärung für das, was hier vor sich ging, doch lag in ihm nur eines, pure Resignation.

Die Handschellen klickten und als Frankie dieses Geräusch hörte, musste sie für ein paar Sekunden die Augen schließen, um den Tränen, die in ihr hochstiegen, Einhalt zu gebieten. Als sie die Lider wieder öffnete und Jamie wieder ansah, erschrak die Polizistin. In diesem Blick lag nichts mehr, einzig eine große Leere war darin zu erkennen.

Jamie ertrug diesen Anblick nicht mehr und wandte ihren Blick nach links zu der Person, die neben Frankie kniete.

Sie erkannte Gianni Calabrese, und er sah sie mit einem schmierigen, selbstsicheren Lächeln an.

Sein Kopf bewegte sich nach links zu Frankie und er sprach diesen einen Satz: „Du kennst die Regeln, Sofia."

Jamie wusste nicht, was los war, der Raum wurde zu eng und erdrückte sie. Sie bekam keine Luft mehr. Coopers Hand legte sich auf ihre Schulter.

„Jamie, was ist los?"

Doch Jamie hörte ihn nicht, nahm nichts mehr wahr. Es gab nur noch Chaos und Fassungslosigkeit, die sie überrollten, sie musste hier raus, sie brauchte Luft zum Atmen. Sie drehte sich um und lief.

Draußen blieb sie stehen, sie spürte, wie sich die Übelkeit in ihr ausbreitete und sie übergab sich.

Das kann doch alles nur ein beschissener Albtraum sein! Alles um Jamie herum begann, sich zu drehen und sie musste die Augen schließen, um sich zu sammeln.

Fragen über Fragen brachen über sie herein.

Doch die einzigen Fragen, die sich für Jamie wirklich stellten, lauteten: Was hatte Frankie hier zu suchen? Und wer war Frankie in Wirklichkeit?

Ende Teil 1

Kontakt: Levia.Ortega@hotmail.com

http://www.leviaortega.com/

Levia Ortega

c/o Papyrus Autoren-Club

Pettenkoferstr. 16-18

10247 Berlin

ISBN-13: 978-1507691168

ISBN-10: 1507691165

18591594R00123

Printed in Poland
by Amazon Fulfillment
Poland Sp. z o.o., Wrocław